KB265279

30대 백수
남편이지만
잘 살고 있습니다

30대 백수 남편이지만 잘 살고 있습니다

초판 1쇄 2022년 3월 15일
지 은 이 이종화
펴 낸 곳 하모니북

출판등록 2018년 5월 2일 제 2018-0000-68호
이 메 일 harmony.book1@gmail.com
전화번호 02-2671-5663
팩　　스 02-2671-5662

ISBN 979-11-6747-037-9 03810
ⓒ 이종화, 2022, Printed in Korea

값 15,000원

이 도서의 국립중앙도서관 출판예정도서목록(CIP)은 서지정보유통지원시스템 홈페이지(http://seoji.nl.go.kr)와 국가자료공동목록시스템(http://www.nl.go.kr/kolisnet)에서 이용하실 수 있습니다.

이 책은 저작권법에 따라 보호받는 저작물이므로 무단 전재와 무단 복제를 금지하며, 이 책 내용의 전부 또는 일부를 이용하려면 반드시 저작권자와 출판사의 서면 동의를 받아야 합니다.

색깔 있는 책을 만드는 하모니북에서 늘 함께 할 작가님을 기다립니다.
출간 문의 harmony.book1@gmail.com

30대 백수 남편이지만 잘 살고 있습니다

이종화 지음

harmonybook

결혼을 시켜서 하는 사람이 있을까? 혼인 적령기라는 단어가 무색해질 만큼 이제는 나이를 먹었다고 결혼하지 않는다. 결혼은 누구나 해야만 하는 필수가 아니다. 해도 좋고 안 해도 그만인 일이 되었다.

그렇다면 결혼은 대체 어떤 사람이 하는 것일까? 그리고 그들은 왜 결혼을 결심했을까? 사람들은 수차례 연애와 이별을 거듭하면서 자신과 잘 맞는 연인을 찾아 헤맨다. 그러다가 평생을 함께하고 싶다는 마음이 들면 청혼한다. 이후 상호 간에 동의가 이뤄지면 결혼으로 발전하고, 연인들은 미래의 행복한 모습을 떠올리며 결혼식장에 들어선다.

결혼은 주변에서 강요해서 아니 되며, 압박에 이기지 못해 하는 것도 바람직하지 않다. 자신이 결정해야 하는 것이다. 그런데 막상 결혼한 현실 속 부부들의 모습은 어떨까? 생각보다 많은 부부들이 결혼생활에서 갈등을 겪고 힘들게 살아간다. 그러다 사이가 심하게 나빠지면 이혼으로 갈라지기도 한다. 왜 많은 사람들은 행복한 결혼생활을 꿈꾸지만 정작 행복에서 멀어진 결혼생활을 하는 것일까?

'이왕 결혼할거라면 행복하게 살자.'는 나의 지론이다. 나는 30대 경상도 부산 출신 남자다. 결혼한 지 1년 반 만에 건강상에 문제가 생겨 수술했고, 이 수술로 인해 발생한 질병으로 생사의 고비도 넘겼다. 몸이 좋지 않으니 당연히 일도 그만둘 수밖에 없었다. 지금 나는 환자이면서 백수다. 결혼 전, 그렸던 행복한 청사진과 비교해보면 현실 속 나의 모습은 꽤 동떨어져 있다. 내가 생각해도 나의 현실은 불행해 보인다.

하지만 《30대 백수 남편이지만 잘 살고 있습니다》라는 책 제목처럼 나는 꽤 행복하게 살고 있다. 그 이유를 꼽자면 배려심 많은 아내를 만난 것이 첫 번째다. 결혼 전 '세상에 사랑은 없다'고 외쳤던 비혼주의자였던 내가, 아내를 만나 결혼을 결심하기까지의 고민의 시간이 있었다.

결혼생활에 어떤 아름다운 환상이 있다면 버리는 게 좋다. 결혼에 대한 판타지를 철저하게 부숴가는 것은 비혼주의자가 되는 길일지도 모른다. 그러나 이는 동시에 행복한 결혼생활을 위한 자세를 준비하는 길이기도 하다. '결혼'이라는 두 글자가 갖는 무게와 더불어 결혼 전 꼭 확인할 것들이 무엇이 있는지 고민하는 시간을 가지는 것을 추천한다.

나아가 결혼생활에서 발생하는 갈등을 대처하는 남편의 바람직한 자세는 무엇인지 고민해야한다. 때로는 아내를 위해서 불효자가 되어야 하는 것처럼 말이다. 부모님과 아내 사이에서 애매모한 자세를 취하는 것만큼 양쪽 모두를 괴롭히는 것도 없으니까.

이 시간에도 많은 연인들은 사랑하고, 다투고, 이별하기도 한다. 결혼할지 말지 망설이는 사람도 있으며, 뭣 모르고 한 결혼 이후 성격차이로 고생하는 부부도 있다. 주변에서 '마지못해 산다.', '애 때문에 산다.'고 입버릇처럼 말하는 남편과 아내도 심심치 않게 보인다. 이것만큼 슬픈 말이 있을까?

가까운 관계가 안정되지 못하면 사람은 밖을 헤매고 방황케 된다. 아무리 사회생활을 잘해도 가정이 불안하면 정서적으로 좋을 리 만무하다. 그래서 부부관계는 삶의 행복을 결정짓는 데도 가장 중요한 요소라고 해도 과언이 아니다.

우리는 결혼에 관해 얼마나 진지하게 생각하고 있을까? 당연히 결혼

을 쉽게 생각하는 사람은 없다. 그런데 문제는 사람들의 신중한 태도는 대부분은 상대방에게만 초점이 맞춰져 있다는데 있다. '상대방의 성격은 나와 맞는지', '상대의 직업은 무엇인지', '차는 무엇을 타고 다니는지', '부모는 어떠한지' 등. 반면 결혼 자체가 갖는 의미와 무게를 느끼는 데는 소홀하다. 결혼 후, 변화되어야만 하는 자신의 삶에 더 많은 고민을 해야 한다. 배우자에게 바라는 것만큼, 내가 배우자를 위해 갖춰야 할 것은 무엇인지도 충분히 고려해야 하는 것이다. 연애의 연장선이 결혼이 될 수 있지만, 연애하듯 사는 것이 결혼은 아니다.

결혼이라 하여 모든 걸 함께할 필요는 없다. 아쉽지만 인간은 결국 홀로 왔다가 홀연히 떠나는 존재이지 않은가. 그러니 한 개인으로 아내와 남편을 존중하며, 그 속에서 감사함과 유대감을 찾는다면 누구나 행복한 결혼생활을 할 수 있을 것이다.

"당신의 행복한 결혼생활을 응원한다."

Contents

Chapter 3.
행복한 결혼 생활을 위한 남편의 자세

Chapter 4.
고부갈등 해결을 위해 기억해야 하는 것

Chapter 5.

조금은 특이한 우리 부부의 결혼생활 양식

Chapter 6.

30대 백수 남편이지만 잘 살고 있습니다

Chapter 1.

결혼이란

환상에서 벗어나기

무턱대고 결심하지 마세요

　영원할 것만 같았던 20대가 끝나는 29살 겨울. 왠지 나는 30대가 되면 많은 것들이 달라질 것만 같았다. 스물아홉 12월 31일, 그리고 서른 살 1월 1일. 물리적인 시간에 비하여 심리적인 시간은 더 길다. 하지만 막상 서른 살이 되던 해, 나는 아무것도 실감하지 못했다. 앞자리가 바뀌었다는 것을 받아들이지 못해서였을까? 아니면 생각보다 둔감한 성격이어서일까? 그땐 2에서 3으로 바뀐 숫자 변화가 크게 와 닿지 않았다.

　그 후, 다시 맞이한 겨울. 서른한 살이 되는 것은 달랐다. 드디어 30대에 접어들었다는 것을 그제야 실감했다. 그렇게 나는 찬란한 나의 20대를 서른한 살이 되어서야 뒤늦게 떠나보낼 수 있었다. 서른하나가 된 해, 첫날 늦은 아침 벨소리에 눈을 떴다. 스마트 폰에는 미처 확인하지 못한 새해 인사 메시지들과 1월 1일이라는 날짜가 가장 먼저 눈에 띄었다. 친구들에게서 온 새해 안부 문자를 확인하던 중, 친구가 보낸 모바일 청첩장이 있었다.

처음엔 새해 인사와 청첩장을 같이 보내는지 의아했으나 오랫동안 연락하지 않은 친구에게 이보다 자연스럽게 연락하는 방법도 없다는 생각이 들었다. 나는 간단하게 새해 인사와 함께 결혼 축하 메시지를 전달했다.

20대에도 결혼한 친구들이 없지는 않았지만 드물었다. 그런데 서른이 넘어가자 친구들에게서 청첩장을 받는 횟수가 달라지기 시작했고, 결혼식에 방문하는 일도 점점 잦아졌다. 정말로 결혼 적령기가 있는 것만 같았다. 결혼식에 방문할 때면 오랜만에 재회한 친구들과 회포를 푼다. 그때마다 미혼자들이 기혼인 친구들에게 묻는다. 그 답은 당연히 각양각색이다.

Q. "왜 결혼했어? 아니, 왜 결혼을 결심했어?"

A. "오랫동안 만나다 보니 결혼했지."
A. "이제 헤어지고 누굴 만나."
A. "혼자서 더 이상 할 게 없어."
A. "나만 빼고 다 하는 것 같더라고…."

이어서 어김없이 나오는 질문이 있다.

Q. "다시 태어나도 지금 남편이랑 다시 결혼할 거야?"

Q. "다시 태어나도 와이프랑 결혼할 거야?"

A. "모르지."

A. "다시 태어날 일이 있을까?"

A. "아내가 날 안 만날걸?"

A. "아니. 미쳤다고 하냐?"

A. "결혼 자체를 안 할 것 같아."

A. "차라리 다시 태어나기가 싫다."

재미나게도 결혼한 친구들의 답변은 대부분 부정적이었고 결혼 전을 즐기라고 했다.

A. "더 즐기다 해."

A. "하지 마! 굳이 안 해도 돼."

A. "지금 네 삶을 즐겨."

A. "이왕 할 거면, 천천히 잘 골라서 해."

그렇다면 친구들의 결혼생활이 불행한 것일까? 그렇진 않다. 대다수가 혼자 살 때보다는 좋아 보인다. 우리는 꽤 행복하게 잘 살고 있음에도 불구하고, 왜 결혼을 하지 말라는 말을 입버릇처럼 할까?

그것은 그만큼 다른 가정에서 태어나 부부의 연을 맺고 살아가는 일이 쉽지 않기 때문이다. 신혼 초기에는 치약 짜는 것, 수건 거는 습관으로도 싸운다는 말을 심심치 않게 듣는다. 이해심과 배려를 논하기 전에, 결혼은 그만큼 다른 사람과 함께 하는 일이라는 데 있다.

하지만 정말로 사람들이 결혼을 반대하고 후회할까? 이 질문에 대한 답은 대게 '아니다'로 기울어진다. 그들도 나름 만족하며 행복한 삶을 살고 있다. 단지, 그 말에는 숨겨진 단어가 있다. 바로 '신중'이다.

결혼할 때 꼭 가져야 할 마음가짐은 나의 선택과 책임이다.

피 한 방울 섞이지 않은 사람과 함께 사는 일은 삶에서 가장 중요한 결정이며, 평생을 함께하는 배우자를 선택하는 일이다.

결혼은 무엇일까? 다양한 정의와 의미가 있겠지만 내게 있어 결혼은, 가족관계증명서를 등록하는 일이었다. 살면서 법적 관계를 맺는 일은 극히 드물다. 특히 가족관계는 더욱 그러하다.

그만큼 결혼은 신중하게 선택해야 하는 것이다. 한순간에 불타오르는 사랑만으로 결혼하기엔, 무리가 따르는 게 결혼이다. 물건은 구매하는 순간 중고가 된다. 값비싼 것도 포장지를 뜯고, 사용하는 순간 그 값은 새것보다 떨어지기 마련이다. 결혼도 마찬가지이지 않을까? 도장을 찍는 순간, '품절남', '품절녀'가 된다. 품절인 동시에 돌아오면 중고가 되는 것이다.

최근엔 이혼에 관해 대하는 자세가 많이 바뀌었다. 숨기지 않고 드러내는 경우도 많아졌다. 주변에도 이혼하는 커플이 꽤 있다 보니 흔한 일이 된 것 같다. 그렇지만 나는 아직까지 이혼남, 이혼녀와 결혼해도 괜찮다는 미혼남녀를 거의 보지 못했다. 이왕이면 이혼남, 이혼녀가 아니길 바라는 마음은 당연하다. 그러니 결혼은 신중하게 고심해야만 하는 것이다.

하지만 소설 《멋진 신세계》의 미래 사회는 조금 다르다. 소설의 세계관에서 사람은 늙지도 않고, 아프지도 않는다. 게다가 결혼이란 제도도 없다. 부부가 된다거나 연인이 되는 관계의 지속성도 의미 없다. 쉽게 만나 육체적 관계를 맺고 헤어짐의 반복만이 존재한다. 먼 미래 세상은 소설 속 이야기처럼 결혼 따위는 안중에도 없는 곳으로 변할지도 모른다.
하지만 분명한 건 우리가 사는 현재는 아니라는 데 있다. 그러니 결혼은 함부로 선택하지 말아야 한다.

오랜만에 만난 친구들은, 결혼식 자체에는 그다지 관심이 없다. 그들이 관심을 두는 것은 오로지 2차다. 다들 바쁘게 살다보니 경조사가 아니면 함께 모일 일이 거의 없다. 이것도 30대에 접어서면서 느끼는 슬픈 사실 중 하나다. 그러다 보니 밤이 깊어져도 이야기와 웃음소리는 끊이지 않는다. 친구를 만나면 과거의 철없던 시절로 돌아간다. 평소 하지 않는 상스러운 이야기부터, 먹고 사는 얘기, 시답지 않은 얘기, 스포츠 얘기까지 이야기꽃을 피운다. 한참을 이야기를 나누다가 추억이 줄어들 때쯤, 주제는 다시 결혼으로 돌아온다.

Q. "너희는 결혼하고 싶어?"
A. "모르겠다. 해야 하지 않겠냐?"

Q. "왜 결혼하고 싶어?"
A. "이제 결혼할 시기잖아."
A. "언제 다시 연애해서 결혼해."
A. "지금 여자 친구 정도면 나쁘지 않아."
A. "더 나은 사람을 만날 자신이 없다."
A. "부모님께서 하라고 하시네."
A. "나는 아이가 낳고 싶어."

결혼에 대해 답변은 각기 다르다. 뚜렷한 확신보다는 막연함에 가깝다. 아직 결혼하지 않았다면 기회가 있다. 한 번 더 심사숙고해도 좋다. 그게 비록 상견례를 마친 상황이라도 괜찮다. 아직 시간이 주어져 있다면 스스로 확신을 가질 시간이다.

결혼은 저지르는 게 아니다.
내가 하나하나 선택하는 것이다.

"새로운 이름을 갖는 일에는 그만큼의 무게가 따른다."

결혼과 동시에, 나를 칭하는 대명사는 달라진다.

남자는 '배우자, 남편, 사위'

여자는 '배우자, 아내, 며느리'

이 세 글자가 갖는 의미를 곱씹어 볼 필요가 있다.

달면 삼키고 쓰다고 뱉는 건 결혼생활이 아니다.

프러포즈, 예물반지 보다
더 중요한 것

결혼한 지 얼마 되지 않은 친구를 만나거나 결혼을 앞둔 친구를 만날 때면, 꼭 나오는 질문이 있다.

"프러포즈 했냐?"

결혼한 친구들은 프러포즈는 의무이며 꼭 해야 하는 것이라고 말한다. 프러포즈를 안 하고 결혼하면 평생 고생한다는 말이 있을 정도니, 얼마나 중요한지 굳이 설명하지 않아도 다들 안다.

"나는 뭐 평범하게 했어. 풍선이랑 영상 촬영해서 호텔에서 했지. 조그만 반지 하나 준비했지. 근데 살짝 눈물 흘리려고 했던 것 같던데 짧아서 그런지 울지는 않더라고."

"나는 아내에게 프러포즈를 받았어. 우리는 서로 같이했거든. 요즘은 같이 하는 사람도 꽤 있더라고. 남자만 하는 것도 아니라고 생각했는지, 와이프가 내게 하더라고. 솔직히 좀 감동이었어."

"나는 상견례까지 끝내고, 식장을 잡고 나서 프러포즈를 했어. 그러다 보니 형식이라 할까? 결혼식처럼, 하나의 의례처럼 한 것 같아. 막 영화나 드라마처럼, 결혼해 줄래? 라고 말하며 승낙을 기다리는 건 아니었거든. 이미 결혼하기로 한 상태에서 하는 하나의 행사 같았어. 남들이 다 하니까, 나도 하는 그런 거?"

Propose의 영어 사전적 의미에는 '제안', '제의'가 있다. 프러포즈는 단순히 사랑을 구하면서, "나랑 결혼해줄래?"라고 말하면 "알겠다."고 승낙하는 것으로 끝나는 게 아니다. 무언가를 제안할 때는 핵심 메시지와 그 근거가 꼭 있어야 한다.

'왜 결혼을 하려고 하는지', '왜 너와 결혼하고 싶은지'

하지만 요즘 프러포즈는 감동적인 이벤트와 선물이 더 중요한 것으로 변한 것 같다. 풍선이나 영상은 안 하는 사람을 찾지 못할 만큼 필수가 되었고, 촛불 이벤트는 흔하디흔한 고백 중 하나가 되었다. 결혼에 관한 내용보다는 이벤트 자체만 더 집중하는 것. 프러포즈에는, 제안과 설득이 꼭 포함되어야 하지 않을까. 거기엔 결심과 앞으로의 각오가 담겨 있어야 한다. 세상에 반이 여자며 남자다. 그런데도 그 많은 사람 중 하나와 평생의 배필이 되려 한다. 왜 상대방이 당신과 결혼해야 하는지, 나는 왜 결혼을 너와 하고 싶은지. 솔직하고 정확하게 이야기하는 것은 꼭 필요한 과정이다.

나는 아내와의 결혼을 결심하기 전, 각자가 생각하는 행복한 결혼 생활에 대해 연애 기간 동안 많은 나누었다. 이 과정에서 서로의 생각 차이도 발견했고, 공통점도 알았다. 좁혀지지 않는 생각 차이가 있으면 이야기를 나누고 타협하면서 상대가 결혼생활에서 무엇을 중요하게 생각하는지 알게 되었다. 그렇게 우리는 서로가 서로에게 좋은 사람이 맞는지, 자신의 선택에 확신하는 시간을 충분히 가졌다.

결혼을 앞둔 사이라면 최소한 서로가 생각하는 이상적인 결혼생활에 관해 이야기를 미리 나누는 게 좋다. 이것은 나를 위해서도 상대를 위해서도 필요한 과정이다. 사랑은, 단지 큰 다이아몬드를 선물하는 것으로 끝나는 것이 아니다.

행복한 결혼생활을 위해 더 중요한 건
다이아몬드의 크기보다 서로의 결심과 마음이다.

영원할 것만 같았던

사랑이 끝나는 순간.

불행하지 않으려면,

반지보다는 마음이 중요하다.

"사랑 끝엔 큰 결심이 따른다."

혼인신고는 언제가 적당할까?

SNS에 올라온 피드를 보던 중 사진 하나가 눈에 들어왔다. 혼인 신고서를 올린 친구의 사진이었다. 친구가 결혼한 지 대략 1년 정도 지났을까? 혼인신고 인증 사진을 이제야 업로드 한 것을 보면 드디어 사실혼에서 법적 혼인 관계로 바뀌었다는 것을 의미한다.

최근엔 결혼식 직후, 혼인신고를 하는 사람을 찾기 어렵다. 신혼부부로서 국가에서 주는 혜택을 받으려는 사람을 제외하고는 보통 늦게 하는 게 일반적이다. 나는 결혼하기 6개월 전, 신혼부부 전세자금 신청을 위해 혼인신고를 하였지만, 아내에게 말했다.

"여보. 전세자금 신청 때문에 혼인신고를 하는 게 아니야. 내 선택에 확신이 있기 때문에 하는 거지."

나는 전세자금이 필요 없었다고 하더라도 결혼식 직후 혼인신고를 하였을 것이다. 그만한 확신은 있었다. 결혼식은 하였으나 혼인신고를 하지 않은 친구들을 만날 때면, 속으론 '이러면 안 되는데' 하면서 묻는다.

Q. "왜 아직 신고 안 했어?"

답은 각기 다르다.

A. "시간이 없어서…."
A. "정신이 없네."
A. "좀 살아보고 해도 되잖아."
A. "급할 것 없잖아."

최근엔 결혼하고 나서 최소 1년은 살아보고 혼인신고를 하는 게 하나의 트렌드로 자리 잡고 있다 하여도 과언이 아니다.

20~30대들은 너무 똑똑하다. 주변에서 이혼의 갈등을 겪는 부부를 보면서, 자신은 실수하지 않겠다는 마음이 있다. 이혼할 수 있다는 가능성이 있다는 것을 알고 있는 것이다. 혼인신고를 하지 않는 것은 현명한 일처럼 보인다. 하지만 확신 없는 선택이라는 의문점은 지울 수는 없다. 혹시 발생할지 모를 사고를 대비하여 혼인 여부라는 나의 경력에 아직

혼인신고를 남기고 싶지 않은 것이니까.

그런데 만약 나의 배우자가 결혼하여 살다가 마음이 맞지 않아 이혼한 사람인데 혼인신고를 하지 않았다고 가정해보자. 다시 말해, 배우자의 혼인 경력은 깨끗하다. 이 사람은 이혼한 사람일까? 아니면 잠시 동거한 사람일까? 그리고 혼인신고서만 깨끗하다면 결혼할 배우자에게 그 사실은 말하지 않아도 되는 걸까?

혼인신고를 먼저 하는 게 올바른지, 나중에 하는 게 나은지에 관한 답은 없다. 그에 관해서는 자신만이 답을 내릴 수 있다.

얼마 전, 뒤늦게 법륜스님의 저서 《스님의 주례사》를 읽었다. 나는 이미 결혼했는데, 이제 와서 스님의 주례사를 읽는 게 무슨 의미가 있을까? 라는 생각과, 결혼도 안 해본 스님이 무슨 말을 하나 보자라는 호기심으로 책을 읽었다. 책에는 고개가 절로 끄덕이는 말들이 있었고, 스님이니까 할 수 있는 말 아닌가? 라는 알 수 없는 반항심을 만드는 말도 있었다. 그중 가장 기억에 나는 구절은 결혼에 대한 인식 부분이었다.

스님이 말씀하시길,
"결혼은 사람들이 가장 욕심내는 거래입니다.
끊임없이 조건을 내세워 순위를 매기고 평가하며 계산합니다."

나도 아내와 결혼을 결심했을 때, 장사꾼처럼 계산하고 조건을 순위로 나열했을까? 솔직히, 아니라고 당당히 대답하지는 못할 것 같다. 그만큼 아내는 좋은 사람이고 나에게 과분하다.

혼인신고는 천천히 하고 싶다면 한 번 더 고민해 보는 게 어떨까? 확신 없이 결혼을 승낙한 것은 아닌지 말이다.

그리고 기억하자. 실패 리스크를 줄이기 위한 보류는
배우자도 나와 같은 생각을 바탕으로 하고 있다는 것을.

“오빠 나 믿지?”

“○○아, 오빠 믿지?”

혼인신고를 늦게 하건 빨리하건 중요치 않다.

그건 선택과 생각의 문제일 뿐이다.

하지만 왜 혼인신고를 하지 못할까에 대해서 되짚어 볼 필요는 있다.

그 이유가 만약 신뢰의 영역이라면,

나를 믿지 못해서인가?

배우자를 믿지 못해서인가?

자존감에도 밀당이 필요하다

도서관이나 서점에 가는 것을 즐기는가? 최근엔 책을 읽는 사람이 많이 줄었다는데, 그래도 나 같은 사람의 책도 읽어주는 분들이 있어서 늘 감사하다.

사람들에게 책을 읽는 이유를 물으면, '배울 게 있어서', '감동적이라서', '재미있어서' 등등 그 답은 다양하다. 나도 별반 다르진 않은데, 조금 특이한 구석을 굳이 찾아보자면 지금 내가 관심 있는 것이 무엇인지 알 수 있기 때문이다.

서점과 도서관에는 많은 책이 매대를 가득 채우고 있다. 각 매대와 책꽂이에는, 구역을 나타내는 알파벳과 분야를 알 수 있도록 돕는 표지판이 보인다. '인문', '에세이', '과학', '철학', '자기계발', '금융' 등. 그런데 유독 그날따라 내 눈에 들어오는 책이 있다. 최근에 내가 관심에 두고 있는 분야이거나 주제일 확률이 높다. 서점에 갈 때면 언제나 내가 필요한 책이 생기고, 필요로 하는 책은 나의 레이더를 통해서 자연스럽게 손에 잡힌다. 무의식과 의식이 교감하는 순간이다. 이것이, 내가 책을 고르고 계속해서 읽는 이유다.

한편, 서점 내 붐비는 사람들은 최근 어떤 책이 인기 있는지 파악하는 데도 도움이 된다. 홀로 천천히 책을 고르기 어려울 정도 붐비는 곳이 있는가 하면 그 누구의 관심을 받지 못해 한산한 곳도 있다. 그 차이에서 최근 어떤 분야의 책이 인기 있는지 조심스레 짐작해 본다. 이것저것 사람들의 발자취를 따라 서성이다 보면 유난히 사람들의 손때가 많이 묻은 책이 있는데, 최근 내가 본 책은 심리와 위로에 관한 책이었다.

특히, 자존감과 관련된 키워드인 책들이 많이 보였다. 자존감과 관련된 책들은 지난 몇 년간 가장 인기 많았고, 지금도 꾸준하게 독자로부터 사랑받고 있다. 그 이유가 무엇일까? 여전히 우리에겐 스스로 사랑하는 마음이 부족해서는 아닐까 싶다. 심리학자들은, '자존감은 인간의 심리 안정을 위해서도, 행복하기 위해서도 꼭 충만해야 하는 것'이라고 한다.
이제는 저명한 심리학자들이 중요하다며 이야기하지 않아도 대다수의 사람들은 자기 존중감이 무엇인지, 높은 자존감이 얼마나 중요한 것인지, 자신을 사랑하는 마음이 행복한 삶과 밀접한 관련이 있는지, 모두 잘 알고 있다.

자존감은 결혼 생활에도 당연히 큰 영향을 미친다. 그래서 결혼을 앞둔 남녀라면 이를 꼭 점검하는 것이 좋다. 그리고 결혼을 결심했다면 먼저 스스로의 상태를 점검해 보자. 한 강연에서 소통심리전문가는 이렇게 말했다.

"기본적으로 자신을 사랑하지 않는 사람은 불행할 수밖에 없어요."

강연의 내용은 '자존감이 낮으면 타인도 사랑할 수 없다.'였다. 당연히 결혼 생활에서도 여러 가지 부작용이 생긴다. 자기존중감이 낮으면 다른 사람을 있는 그대로 사랑할 수 없기 때문에 문제가 발생한다. 상대방을 믿지 못하는 의심병이 도진 사람을 본 적이 있다. 그는 애인이 자신을 배신하지는 않을까 언제나 노심초사했고, 잦은 의심으로 상대를 옭아매고 꼼짝달싹하지 못하게 만들었다. 하지만, 그의 불안감과 집착은 사라지지 않았다.

사람은 24시간 붙어 있을 수 없으니, 함께 하지 못하는 시간이 생기기 마련이었는데 그때마다 의심병은 더욱 커졌다. 당연히 두 사람 모두, 정상적인 생활이 불가능했고, 결국 이별이 최선의 선택으로 변하고 말았다.

'자신의 낮은 자존감을 상대에게 의존하여 채울 수는 없다.'

반대로 자기 자신을 너무나 사랑하는 것도 경계할 필요는 있다. 그리스 로마 신화에는 미소년의 나르키소스 이야기가 있는데, 자신을 너무 사랑한 나르키소스는 물에 비친 자신의 모습에 반해서, 다른 누군가도 사랑하지 못한다.

독일의 정신과 의사 네케가 이 신화와 연관 지어 만든 심리학 용어가 바로 우리가 흔히 사용하는 나르시시즘이다. 미소년 나르키소스처럼 스스로에게 과잉 몰입하여도 누군가를 진심으로 사랑할 수 없다.

'나만을 사랑하니. 타인에게서 행복을 느낄 수 없는 것.'

행복한 결혼생활을 위해서는 스스로를 사랑할 줄 아는 사람이 되어야 하며, 그런 사람을 만나는 게 서로에게 좋다. 그렇다고 자신을 과잉 사랑하는 사람을 만나면 불행해지고 만다. 결국 그 정도가 중요한 것이다.

"세상을 흑백으로 나눌 수 있을까?"

우리는 중간지대를 찾아야 한다.

자신을 현명하게 사랑하기 위해서

회색지대를 자유롭게 넘나들 줄 알아야 한다.

연애와 결혼,
그 온도 차이에 대해서

70년 전 영국의 한 철학가는 구시대적 관점에서 보면, "결혼은 출산과 성관계에 그 목적이 있다"고 말했다. 이 얼마나 충격적인 말인가…. 그에 따르면, 과거 서구사회를 지배했던 종교는 기독교였으며 기독교의 교리에는 혼전순결이 명시되어 있었으며 성관계는 결혼 한 사람들에게만 허용되는 사회 통념이었다고 한다.

유교의 나라인 우리나라에서도 비슷했다. 결혼하지 않은 총각이나 처녀가 성관계를 하거나 아이를 낳는 일은 터부시했다. 하지만 이것 또한 이미 옛말이 된 지 오래다. 최근엔 결혼하고도 아이 없이 사는 부부를 딩크족이라 부른다. 또 과학의 발전으로 여성은 결혼하지 않아도 정자은행을 통해 아이를 낳을 수 있게 되었다. 아직은 이에 대한 의견이 대립하는 것 같지만, 미혼모에 대한 인식도 점차 바뀌고 있다.

섹스에 관한 이야기는 말하지 않아도 과거보다 얼마나 개방적으로 변했는지 모두 알 것이다. 한국도, 첫 성관계를 갖는 연령이 점점 낮아지고 있으며 혼전 순결에 대한 인식도 상당 부분 바뀌었다. 이미 성에 관한 인식은 유교 사상으로부터 멀리 벗어나 있다.

다른 나라의 결혼에 대한 관점은 어떨까? 지구 반대편 프랑스에는 '팍세'라고 하는 합법적 동거제도가 있다. 프랑스는 동거를 법적 커플로 받아들이고 결혼과 동급으로 여긴다. 많은 프랑스 젊은이들이 결혼하지 않고 동거를 선호한다. 동거하는 사람들에게도 정부는 일정 혜택을 제공하고 있으며 프랑스에서는 한해 신생아의 약 60%가 결혼하지 않은 부모에게서 태어나고 있다.

그래서 프랑스에서는 결혼하는 사람은 진짜 서로를 너무나 사랑하거나 고지식한 사람으로 생각한다는 말이 있을 정도다. 한국도 동거에 대해서 개방적으로 받아들이는 추세다. 통계청 자료를 보았는데, 13세 이상 국민 약 3만 명을 대상으로 결혼과 동거에 대해 조사한 결과, 결혼하지 않고 "동거하며 살 수 있다"고 답한 사람이 50%가 넘었다. 이미 많은 사람이 동거를 경험해보거나 긍정적으로 생각하는 것.

나는 결혼 전, 연애와 결혼에 대해 꽤 오랜 시간 동안 고민했고, 종이 서류에 도장 찍는 일 정도가 결혼과 연애의 차이라 생각했다. 법적인 구속력이 발생하고 사회로부터 부부관계를 등록하는 것이 전부라 여겼다.

그런데 정말 이게 전부일까? 막상 결혼해보니, 연애와 결혼에는 차이점이 많다. 아직 우리나라에서 결혼은 커플 두 명만의 문제가 아니며 시어머니. 시아버지, 장모님, 장인어른 등등…. 새로운 가족이 생기고, 그들로부터 영향을 받을 수밖에 없다.

그래서 우리는 연애하듯 결혼할 수 없다. 누군가는 연애는 결혼으로 이어지는 연장선이라고 말한다. 또 혹자는 연애는 연애고 결혼은 결혼이라고 구분 짓는다. 그래서 사랑만으로 결혼하는 건 어리석다고 말한다.

대한민국이라는 나라에서 연애는 결혼의 시작점은 될 수 있으나 늘 종착점은 아니다. 연애하듯 결혼하기엔 고려해야 할 것들이 너무 많다.

"결혼하니 어머니가 두 명이 됐고, 아버지가 두 명이 됐어요.
이거 좋은 거 맞겠죠?"

연애와 결혼 모두 뜨겁고 따스할 수 없을까?

불을 피우기 위해서는 장작이 필요하다.

너무 많은 장작은 불을 키워

모든 걸 홀라당 태워버린다.

적절하게 지속해서 장작을 넣어

온도를 맞출 수 있는 능력을 배워야 한다.

때론 따스하고, 가끔은 뜨거운 결혼 생활을 하기 위해서.

사랑,
그저 안고 싶은 마음

"사랑에 유통기한이 있다면 만년이었으면 좋겠다."

〈중경삼림〉이라는 오래된 홍콩 영화에 나오는 대사다. 우리는 끝나지 않는, 영원한 사랑을 꿈꾼다. 하지만 꿈은 깨기 마련이다. 마찬가지로 사랑에는 끝이 있다. 그래서 천년, 만년 사랑할 수 있길 바라는 것은 아닐까.

사랑은 인류에게 있어 큰 관심을 일으키는 욕망 그 자체였다. 철학자, 과학자, 심리학자들은 사랑을 정의하기 위해 아주 오래전부터 고민하고 노력했다. 최근, 뇌 과학자들은 사랑을 호르몬으로 설명하기 시작했다. 우리가 흔히 사랑이라고 부르는 것에도 단계가 있다. 분비하는 호르몬에는 도파민, 페닐에틸아민, 옥시토신, 엔돌핀 등이 있는데, 이에 따라 다른 사랑의 감정이 든다는 것이다.

먼저, 사랑의 시작은 끌림이다.

'남자K는 여자J에게 관심을 가진다.'

'남자K의 관심이 여자J도 기분이 나쁘지 않다.'

서로가 서로에게 호감을 가지면서 다음 단계로 넘어간다.

'남자K와 여자J는 서로에 대해 궁금하기 시작하고 연인으로 만남을 시작한다.'

다음은 상호의존의 단계다.

'남자K는 여자J를 만나지 않으니 외롭다.'

'여자J는 남자K가 보고 싶다'

사랑은 서로에게 의존을 넘어 안정감을 느끼는 상태에 다다른다.

'함께하는 것만으로도 안정된 상태다.'

'단지 무엇을 해서 좋은 게 아니다. 그냥 옆에서 있어서 좋다.'

첫눈에 반한 사랑을 경험한 적 있는가? 아니면 연애 초기를 떠올려보아도 좋다. 사랑을 시작하면 콩깍지가 씌고, 무엇을 하든 좋아 보인다. 대략 그 기간은 2년 안팎이다. 이후 사랑의 모습은 계속해서 변한다.

얼마 전, 유재석이 나오는 TV 프로그램에서 꼬마 여자아이와 인터뷰

하는 것을 보았다. 유재석은 꼬마에게 "사랑이 뭐예요?"라고 물었다. 여자아이는 "사랑은 안고 싶은 것"이라며 짤막하게 답했다. 명쾌했다. 사랑은 그렇게 복잡하지 않다. 안고 싶어 하는 마음이 있음 사랑이지 않은가?

연애 초기에 사랑은 뜨겁다. 활활 타오르는 연애를 해본 사람이라면 안다. 오늘도 내일도 그다음 날도 육체적으로도 끌어안고 싶은 욕정이 수시로 치밀어 올라오기도 한다. 그 시기엔 다들 그렇다. 하지만 오랜 기간 연애하고, 결혼으로 이어지고, 아이가 생기면서, 사랑의 형태도 달라진다.

옛 어른들 말에 사랑하는 사람과 관계를 가질 때마다 빈 병에 콩을 하나씩 넣어보라고 한다. 그리고 결혼 후, 사랑을 할 때마다 하나씩 빼 보라고 한다. 그럼 아마 죽을 때까지 넣었던 콩을 뺄 수 없단다.

결혼 후, 사랑은 육체적으로는 뜨거운 사랑이 아닐지 모른다. 하지만 그 사랑엔 익숙함과 편안함에서 오는 안정감이 있다.

언제나 내 옆에 잠자는 사람이 있다는 것, 잠잘 때 손만 잡고 잘 수 있는 사람이 있다는 것, 의미 없는 밥 한 끼 뭘 먹을지 함께 고민하는 것,

안정감과 따뜻함이 결혼으로 얻는 사랑이다.

매일 아침이면 알림 문자 한 통을 받는다.

하얀 눈이 소복이 쌓인 지난날 아침 역시 알림이 왔다.

문자 내용은

"잘 잤어?"

"오늘은 눈 온다."

안부를 묻고 눈이 내린다는 문자가 짤막하게 적혀있다.

문자 발송자는 먼저 일어나 밖을 나가,

비가 오는 날엔 비가 온다고. 눈이 오는 날엔 눈이 온다고.

어김없이 매일 아침 연락을 남긴다.

"잘 잤어? 오늘 날씨는 ㅇㅇㅇ 하다."

짧고 매일 아침 반복되는 이 말이 얼마나 소중한지,

그리고 감사한지 알기에 매일 아침 오는 그 문자가

오늘도 내일도 앞으로도 계속 이어지길 바라본다.

사랑은 누구에게나 관심 가는 주제다. 우리 주변에 얼마나 많은 사랑 노래와 드라마, 영화가 있는지만 보아도 충분히 알 수 있다. 사람이 살아가면서 한 번도 누군가를 사랑하지 않을 수 있을까? 내가 아는 한, 정상적인 사람이라면 그런 사람은 없다. 사랑한 경험이 없는 사람은 어딘가 결여된 사람인지도 모른다. 어린아이도 사랑을 하고 사랑에 실패하면 슬퍼한다.

대학 시절 나는 《소유냐 존재냐》라는 책을 읽었다. 책에서는 사랑에 대한 포지션을 두 가지로 나누어 설명한다. 상대방을 소유할 것인지 존재로 둘 것인지. 쉽게 말해, 사랑하니까 상대방이 어떠해야 한다는 생각이 소유론적 사랑이고, 사랑하니까 그대로 있어도 된다가 존재 자체로 사랑하는 것이다.

사랑을 소유로 여기는 마음이 강하면 상대방은 언제나 나만의 것이 되어야 한다고 생각한다. 그리고 내가 사랑하는 모습을 상대방에게 강요한다. 네가 오로지 나를 위해서만 존재하길 바라는 욕망이 커질 때 '내 것'이라는 마음이 강해진다.

우리의 어린 시절 연애를 돌이켜 보면, "누구 거야?"라는 이야기를 심심치 않게 했다. 그리고 아무런 거리낌 없이 "내 것."이라고 말했다. 사랑한다면 당연히 나만의 것이 되는 게 당연하다고 여기는 사람이 많았다. 하지만 이를 곰곰이 생각해보면 상대를 사랑하는 것이 아니다. 내가 사랑하는 상대방의 모습을 사랑하는 것이다.

상대가 자신의 바람대로 행동하지 않으면 의견 충돌로 이어진다. 가끔은 주체할 수 없는 화 때문에 사랑하는 사이에서 차마 나올 수 없는 나쁜 말들이 오가기도 한다.

얼마 전, 나는 친구와 사랑에 관해 이야기를 나눴다. 그 친구는 사랑의 끝은 실망과 증오만이 남게 된다고 말했고, 사랑을 애증의 관계라고 설명했다. 하나밖에 없던 사랑했던 연인과 관계가 틀어지면 남보다 못한 사이가 되기도 한다. 몇몇 철학가들이 '사랑은 없다'고 주장하는 것도 애증의 관계를 말하는 게 아닐까. 완벽한 사랑이 없다고 하여 실망할 필요는 없다. 있는 그대로 사랑하는 연습하면 된다.

불교에서는 사랑하는 사람이 내 마음대로 되지 않아서 괴롭다면 '집착' 때문이라고 한다. 또 성경을 보면 예수님이 조건 없이 인간을 사랑했는지 알 수 있다.

우리가 하는 사랑에는 분명 집착적인 면도 있고, 사랑하는 사람으로부터 바라는 것도 있다. 아무것도 바라지 않는 사랑을 한다면 거짓말이다. 하지만 진실한 사랑에 다가가기 위해서는 상대방을 있는 그대로 존중하는 것이 바탕이 되어야 한다.

그 방향을 결정하는 것은 '나'다. 있는 그대로의 모습을 사랑할 수 있다면 얼마나 좋을까? 웬만한 일엔 싸울 일도 없으며, 함께 웃어넘길 수 있으니 말이다.

꽃을 꺾어 집에 들고 오면

며칠 지나지 않아 금방 시들고 만다.

반면 길가에 꽃을 지나갈 때마다 만나면

오래도록 사랑할 수 있다.

있는 그대로 그저 바라보며

바라지 않고 사랑하라.

Chapter 2.

결혼 전,
알아두면 쓸모 있는 마인드

연애도 실컷 한 사람이
결혼도 잘한다?

'연애도 실컷 하고 잘 놀아 보았던 사람이 결혼을 더 잘한다.'는 유튜브 영상을 보았다. 정말로 연애를 많이 해보아야만 결혼을 잘하는 것일까? 이것은 반은 맞고 반은 틀렸다.

난생처음 연애하면 세상이 온통 핑크빛으로 변하는 기분을 느낀다. 불타오르는 사랑을 하면서 자신의 감정에 충실하며 위대한 사랑만 있으면 무엇이든 해낼 수 있을 것 같은 기분이 든다.

하지만 시간이 지나면서 상대방의 단점도 보이고 싫은 것도 생긴다. 그렇게 두 사람은 실망하며 권태기에 빠지고 결국 이별이라는 아픈 선택을 하기도 한다.

사랑의 경험과 횟수가 늘어나면서 나에게는 어떤 사람이 잘 맞는지, 또 내가 어떤 사람을 싫어하는지를 깨닫게 된다. 그러면 첫눈에 사랑에 빠지는 일도 적어지고, 마음에 들어도 한 발짝 떨어져서 그 상대가 어떤 사람인지 생각한다. "저 사람을 믿어도 될까?", "또다시 상처를 받지 않을까, 아니면 상처를 주는 건 아닐까?"와 같은 고민을 하는 것이다. 연애 경험은 스스로가 중요시하는 것과 그렇지 않은 것을 알게 도와주며, 나에게 맞는 이상형을 좀 더 구체화시키는 역할을 한다, 그러니 연애를 많이 해보는 것은 결혼생활을 잘하는 데도 도움이 되는 것은 분명하다.

그렇다면, 무작정 연애만 많이 하면 좋은 걸까? 꼭 그렇지도 않다. 오히려 무수히 반복된 연애 실패는 자기부정으로 이어지기도 한다. "내가 성격이 이상한 것일까?", "다른 사람들은 다들 잘만 만나는데, 나는 왜 이럴까?" 와 같은 고민을 하게 만든다. 나아가 이러한 생각 때문에, 자신이 잘못된 연애를 하고 있는 것은 아닌지 걱정하게 만들고 자존감이 낮아질 수도 있다.

기억해야 할 것은 연애를 잘 시작한다고 해서 연애를 잘하는 것은 아니다. 매번 연애할 때마다 얼마 되지 않아 싫증을 느끼고 헤어지는 것에 익숙해지다 보면 사람을 진득하니 오랫동안 만날 수 없게 된다. 단지 연애 초반에 주는 설렘이라는 자극만을 원하면서 오랜 연애에서 얻는 것들은 잃게 되는 것이다.

그렇다면 어떻게 하는 것이 바람직할까? 연애를 하면서 자신의 연애 스타일을 알아가는 것이다. 자신이 하는 사랑에 있어서 무엇이 가장 가치 있고 중요한 것이 스스로 인지하는 것은 중요하다. 누군가에게는 함께하는 시간이 소중할 수도 있고, 누군가는 서로의 자유를 존중하는 것이 중요할 수 있다. 자신이 원하는 사랑이 무엇인지 알아야 하는 것이다.

연애를 많이 한 사람이 결혼을 잘하는 것처럼 보이는 것은, 자신을 잘 알고 있기에 무작정 백마 탄 왕자님을 기다리지 않고 자신에게 적당히 잘 맞는 사람을 잘 선택하기 때문이다.

타임지 저널리스트인 벨린다는 그의 저서 《결혼학개론》에서 "세상에 소울메이트는 없다"고 강조한다. **세상에 하나뿐인 나와 딱 맞는 그런 사랑을 찾지만, 불행히도 그런 것은 존재하지 않는다는 것.**

만약 완벽한 사랑을 꿈꾼다면, 이제는 꿈에서 벗어나는 게 어떨까. 닿을 수 없는 어떤 허상을 좇으며, 괴로워하기보다는 현실을 받아들이는 연습을 해보자.

유명한 스포츠 선수나 연기파 배우들이
후배를 가르칠 때 자주 하는 말이 있다.
"힘을 좀 빼라."

세상에 하나뿐인 좋은 사람과 결혼하겠다는 욕심 때문에
아직도 결혼하지 못하는 것은 아닐까.

사랑하는 사람과 보폭을
맞추는 연습

연인을 만나면 결혼하고 싶어 하는 친구가 있었는데, 그 친구는 언제나 결혼하고 싶다는 이야기를 입버릇처럼 했다. 그런데 막상 소개팅이나 다른 사람들을 만나면 결혼까지 생각하니 마음에 드는 사람이 없어 힘들어했다. 자기를 좋다는 사람이 생겨도, 정작 자신의 마음에는 들지 않는다며 울상이었다. 항상 그 친구는 결혼이야기를 했지만, 연애하지도 않았고 혼자서 지내는 시간이 더 많았다.

한편, 항상 외로워하는 모태 솔로 친구가 있었다. 그는 연애하고 싶어 했지만, 막상 마음에 드는 여자가 생기면 쑥스러워 앞에서 제대로 말도 꺼내지 못했다. 숙맥이었던 그 친구는 항상 관심 가는 사람이 생겨도 연애로 발전할 수 없었다. 여전히 그 친구는 모태솔로다.

두 사람은 연애와 결혼은 하고 싶지만 하지 못하는 사람이다. 다양한 이유가 있겠지만, 첫 번째 친구는 좋아하는 사람을 선택하는 데 있어서 너무 까다롭고, 두 번째 친구는 연애를 시작하는 방법조차 몰라서다.

《1만 시간의 법칙》이라는 책이 있는 것처럼 무엇이든 오랜 시간 경험을 하고 숙달이 되어야 잘하게 된다. 앞서 말했듯이 연애도 실컷 하고 잘 놀아 보았던 사람이 상대적으로 결혼을 더 잘할 확률이 높아지는 것과 일맥상통하다.

그렇다면 왜 연애를 많이 한 사람이 결혼도 잘할까? 우리는 연애 경험이 쌓여가며 자신의 장점과 단점을 알게 된다. 자신이 할 수 있는 것과 하지 못하는 것을 깨닫게 되며, 나에게 맞는 연인이 어떤지 좁히게 되는 것. 이와 동시에 자연스레 사랑하는 사람의 보폭을 맞추는 연습을 한다.

누구와 결혼을 해야 할지 고민 상담을 하는 친구들에게, 내가 자주 하는 질문이 있다. "네가 정말로 싫어하는 것 한 가지만 꼽아 봐.", "그 한 가지만 아니면 누구나 괜찮다고 생각해!"

나머지는 맞춰가면서 살면 된다. 그리고 그것이 결혼 생활이다. 사람마다 중요하게 여기는 가치관은 다르다. 나에게는 자유가 내 인생에서 가장 큰 가치였다. 그래서 누군가 나의 자유를 의도적으로 간섭하면 불쾌했다.

나는 연애를 거듭하며 내게 사적 영역의 벽이 남들보다 높다는 것을 깨달았다. 물론 사랑하는 연인이나 배우자에게는 그 정도를 줄일 수는 있으나 없애기란 불가능했다. 나만의 어떤 적정선이 있었고, 자유를 보장해 주어야만 했다. 자유는 나에게는 가장 중요한 가치였다.

그래서 독립적인 나의 모습을 사랑해줄 사람이 아니면 나는 결혼 할 수 없었다. 하지만 생각보다 이런 나를 존중해줄 만한 사람을 찾기 어려웠고 나는 자연스레 비혼주의자가 되었다. 그러던 와중 겉보기엔 나의 이상형과는 다른 여자를 만났다. 그런데도 그녀와 이야기를 나누면 나눌수록 '이 사람은 오랫동안 함께해도 좋을 것 같다'는 생각이 들었다.

그녀는 "세상에서 가장 소중한 건 나 자신이야."라고 말하며, 자신에게는 나를 위한 결정이 가장 소중하다고 이야기했다. 거기서 나는 그녀에게 반해 버렸다. 그래서 결혼이란 걸 난생처음 결심했고, 이후 연애를 시작해 지금 결혼까지 하게 됐다.

사람마다 저마다 욕망의 모양이나 크기는 다르다. 자유, 성장, 성취, 안정. 행복, 자극, 인정, 권력 등.

그래서 자신이 무엇을 가치 있게 생각하는지 고민하는 시간이 필요하다. 내가 어떤 욕망을 1순위로 여기는지 알게 되면 결혼할 상대방에 대한 확신을 갖는데 수월해진다.

《손자병법》에는 지피지기면 백전백승이라는 말이 있는데, 상대를 알고, 나를 알면 백이면 백 승리한다는 것이다. 그러면서 손자는 "싸우지 않고 이기는 것이 가장 잘하는 것"이라고 강조했다 .

결혼은 적을 만들고 싸우려고 하는 것이 아니다. 배우자가 가장 보기 싫은 적이 되지 않으려면 결혼 전, 내가 원하는 것이 무엇인지 아는 것은 필수다.

나는 누구일까?
나를 알아가는 것은 가장 철학적이며
평생을 거쳐 묻는 질문이다.
가끔은 내가 낯설기도 하다.

모든 사람과 가까워질 수 없듯이
한 사람과 100% 잘 맞을 수 없다.

나를 알아가고, 바꿔가며
사랑해야 하지 않을까?

내가 상대방을 바라볼 때
가장 중요하게 여기는 한 가지는 무엇인가?
연애를 하다 보면 의견 차이도 나고,
짜증나고 화나는 일도 있다.
이때 내가 가장 중요시 여긴 장점을 떠올리자.
아무리 미워도, 그 사람은
자신이 가장 중요시하는
장점을 가진 좋은 사람이다.

1등 신랑감,
시대마다 달라집니다

결혼은 평생을 함께할 배우자를 선택하는 일이다. 하지만 이혼도 많다 보니 '결혼해도 평생 함께 사는 건 아닐 수 있겠구나.'라는 생각이 든다. 최근 방송사에서는 이혼한 남자들을 모아 예능으로 풀어나가며 웃음을 자아낸다. 이런 것을 보면 세상이 많이 변하긴 했다. 과거에 비해 이혼을 터부시하는 문화도 많이 사라졌다.

하지만 결혼하면서 이혼을 생각하는 사람은 없다. 분명한 건 가능하면 이혼하지 않는 게 좋다. 이를 부정하는 사람을 아직까지 본 적은 없다. 결국 모두가 좋은 배우자를 고르려 노력하는 것은 헤어지지 말고 백년해로하기 위해서다.

그런데 과연 좋은 배우자란 무엇일까? 좋다는 건 추상적인 단어이며 주관의 영역이다. 나에게 좋은 것이더라도 다른 사람이 좋아하지 않을 수 있다. 내게 좋은 것이 진짜 좋은 것이다.

하지만 사람들의 배우자를 고르는 방법을 자세히 들어보면 사회에서 평균 이상의 인간상을 자신의 이상형이라고 말한다. 배우자가 어떤 직업인지, 집은 자가인지, 차는 어떤 것을 모는지, 외모는 어느 정도 인지 등을 타인과 사회의 잣대로 비교한다.

물론, 좋다는 가치판단에는 객관적인 좋음도 충분히 내포되어있기 때문에 사회가 바라보는 이상을 무시할 수는 없다. 그러나 내가 진정 배우자의 겉모습이 아닌, 진솔한 어떤 면을 좋아하는지가 더 중요하다. 세상은 계속해서 변화하며, 배우자의 능력의 수준도 언제 어떻게 변할지 모르기 때문이다.

1등 신랑감도 시대에 따라 달라졌다. 과거에는 교사가 가장 인기 있는 직업이었으나, 최근에는 직업보다는 벌어들이는 수익이 더 중요해졌다고 한다. 좋고 나쁨도 시대에 따라 달라지며, 이것은 나의 선호도에 영향을 미칠 수밖에 없다.

그래서 주관적인 좋음이 더욱 중요한 것이다.
사회적으로 인기 있는 배우자라고 하더라도,
나와 맞지 않으면 의미가 없지 않은가.

또 먼 미래에 나의 배우자가 현재 가지고 있는 능력들을 잃게 되더라도 내가 그 사람을 그대로 사랑할 수 있는지 고민해 보자. 내가 진정 배우자를 사랑하는 것이 무엇인지 말이다.

좋음이란 참 어렵다. 좋다가도 싫어지고, 싫다가도 좋아진다.

한번 마음에 들어오면 다른 건 보이지 않는다.

내가 좋아하는 건 뭘까?

나의 자존감을 높이기 위해 만나는 건 아닐까?

부모님이 말하는 이상형에 가까운 사람이

내가 결혼하고 싶은 사람은 아닐까?

나는 누굴 사랑하고 누구와 결혼 하고 싶어 하는 걸까?

어른들은 '살아보니 그놈이 그놈이다.'라고 말하고, 결혼하고 나서 살다 보면 별로 다르지도 않단다. 그래서 아줌마들은 모이면 남편 뒷담화에 시간 가는 줄도 모르는 걸까? 과연 정말 그토록 배우자가 별로일까?

사랑을 단순 호르몬 작용으로만 바라본다면 누구나 그 놈이 그놈이 될 것이다. 결혼 생활 30년이 지났는데도 처음 만난 것처럼 설레는 것은 정상적인 모습은 아니다. 만약 아직도 심장이 떨린다면, 부정맥이 있는 것은 아닌지 확인하러 병원에 가보는 게 좋을 것 같다. 아무리 뜨거운 사랑도 결국 잔잔한 정으로 변할 수밖에 없다.

그런데 이러한 의견을 곱씹어보면 너무나도 회의적이다. 만약 정말로 그놈이 그놈이고, 별반 다르지 않다면, 우리는 무엇을 위해, 좋은 배우자를 구하기 위해 이렇게나 노력한단 말인가? 정말로 그놈이 그놈이라면, 부모님들도 아무나 데려와도 반대할 이유가 없어야 한다. 하지만 부모님도 자식의 남편 또는 아내가 성격은 어떠하고, 집안은 어떤지, 무슨 일을 하는지, 나이는 몇 살인지 등 수많은 질문을 한다. 이것은 결국 똑같지는 않기 때문에 묻는 질문이다.

그렇다면 왜 '그놈이 그놈'이라고 말하는 것일까? 어른들의 말에는 경험의 시간이 녹아 있는 법인데, 결국 사랑이 밥 먹여 주는 것은 아니기 때문이다. 그래서 사랑보다는 능력이나 살아가는 데 도움이 되는 성격 같은 것들이 더 중요하다는 말이다. 어느 정도 일리도 있고, 맞는 말이다. 결혼은 사랑만으로 살아갈 수 없으니까. 그러다 보니, 머릿속에 다들 계산기가 하나씩 들어있다. 나는 이만큼 가졌는데 너는 얼마만큼 가졌는지 하나하나 따진다.

첫 연애, 20대의 연애를 떠올려 보자. 스무 살의 연애에는 그런 게 없었다. 나에게 얼마나 잘해주는지, 얼마나 마음이 끌리는지, 사랑이 훨씬 중요했다. 하지만 나이를 먹고 결혼할 시기가 다가오면 마음이 바뀐다. 다년간 쌓인 경험과 똑똑해진 머리는 배우자를 고를 때 점점 까다롭게 평가하고 결정한다. 그러니 소개팅을 수차례 하여도 마음에 드는 사람이 잘 없다. 혹여나 내가 마음에 드는 사람은 이상하게도 나를 좋아하지 않는다. 나이가 먹을수록 점점 결혼은 어려워지는 것만 같다. 그제야, 결혼은 해야겠고 상대가 없으니 눈을 조금 낮춘다. 그러나 마음 한편엔 '내가 이것도 포기했는데, 다른 것은 절대 포기 못 해.'라는 마음과, '이전에 내가 만나지 않았던 사람보다는 괜찮아야 한다.'는 마음이 남아있다.

　이런 사람은 결혼을 쉽게 못하고, 결혼해도 금방 불행해진다. 모든 것이 내 입맛에 딱 맞는 사람은 없고, 결혼하고 나면 천생연분이라고 여긴 마음도 달라지기 때문이다. 결혼과 동시에 예쁘게 포장해둔 선물의 실체가 드러나는 것, 숨겨둔 상대방의 모습에 실망을 하게 되는 것이다.

　사랑을 세상에서 가장 가치 있다고 여기는 한 철학가가 있었다. 그는 "사랑은 둘이 함께하는 순간 익숙한 광경도 새롭게 보게 해주는 힘이 있다."고 주장했다. 사랑하는 사람과 세상을 바라보면 세상은 핑크빛으로 물든다. 반면, 계산적으로 생각하면 결혼 생활은 잘 할 수 있을지 모르나 권태로움에서 벗어날 수 없다. 그렇다고 사랑만 바라보고 결혼하면, 사랑의 유통기한이 끝나는 순간 그저 그런 놈이 되어버릴지도 모른다.

그저 그런 놈이 되지 않게 하는 건 노력뿐이다.
설레지 않아도 내 안의 설렘을 찾으려는 노력.
좋은 면을 보고 감사하려는 노력이 뒷받침되어야 한다.

수많은 스포츠 명장인 감독들과 유명기업의 CEO 들은
'약점보다는 강점을 보고 사람을 기용한다.'고 한다.
내 배우자의 강점은 무엇일까?

이상을 꿈꾸면
현실에 좌절하여 불행해지고

현실만을 생각하면
사랑은 사라진다.

우리는 평생 줄다리기를 해야 한다.

나 정말 이 사람과
결혼해도 될까?

사랑하는 사람의 어떤 모습이 부족해 보이는 것은 정상이다. 만약 모든 면이 마음에 드는 사람이 있다면 사기꾼일지도 모른다. 사람이라 하면 보통 어느 한 부분은 부족하기 마련인데, 흠이라고는 없는 완벽한 사람이 나를 사랑한다? 그건 오히려 의심해 볼 필요가 있다. 내가 너무 상대방을 좋게만 보고 있는 건 아닌지, 내가 모르는 상대방의 모습이 있는 건 아닌지 하고 말이다.

사람을 만나다 보면 그 사람의 바닥이 드러나기 마련인데, 그 지점에서 우리는 실망하기도 하고 안타까움을 느낀다. 그 중 아직 확신을 갖지 못한 채 결혼을 준비하는 예비부부들은 '나 정말, 이 결혼해도 될까?'라는 의구심을 갖는다. 이들은 확신이 부족하다 보니 상대방의 부족한 점에 집중하게 된다. 그런데 강점을 생각하기보다는 부족한 것에만 초점을 두면 결혼을 해도 될지 고민할 수밖에 없다. 한 번 안 좋게 생각한 것들은 점점 더 크게 부각되어 보이기 때문이다.

만약 결혼할지 고민이 된다면, 내가 부족한 점을 감수할 수 있을지, 또는 감수하기 싫어서 걱정하고 불안해하는 것은 아닌지 고민해보는 게 좋다. 나는 친구들을 만날 때마다 하는 질문이 있다.

"네가 생각하는 강점이 결혼 이후 사라진다면 어떻게 할 거야?"
"부족한 점이 개선되지 않으면 어떻게 할 거야?"

건강한 사람이 이상형인 사람이 운동선수를 만나 결혼했다. 결혼 생활 도중, 불의의 사고와 지병으로 배우자가 건강을 잃게 되었다. 결혼 생활은 곧바로 불행해질 것인가? 돈도 마찬가지다. 돈을 잘 벌어서 결혼했다. 그런데 사업이 망하거나 구조조정 당해 수입이 줄어들었다. 결혼 생활을 이어갈 수 있을까? 결혼 전, 상대방을 요목조목 따지는 시간은 필요하다. 하지만 더 중요한 것은 내 마음이다. 거기엔 상대방을 사랑하는 마음이 있어야 한다. 상대방의 능력이 아닌, 상대 그 자체를 사랑해야 한다.

한 동양 철학가는 "사랑에는 여러 가지 정의가 있으며, 그중엔 '아낀다'는 의미가 있다."고 말했다. 그의 말을 빌려보면, 결혼하려면 배우자를 아끼는 마음이 기본이 되어야 한다는 것. 아끼는 마음이 없다면 사랑이 없는 것이다. 강점 몇 가지를 보고 결혼했는데, 그 점이 사라지기 시작하면 불행해진 채 살 것인가. 아니면 이혼할 생각인가.

　아끼는 마음으로 살아가면 어떤 불행이 발생해도 서로가 서로에게 버팀목이 되어 줄 수 있다.

　결혼에 대해 망설여지는가?

결혼은 나를 아껴주고,
내가 아끼고 싶은 사람과 하면 된다.

부모님들은 항상 자식 걱정에 가슴 편할 날이 없다.

아프지는 않을지…

취업 못하는 것은 아닌지…

결혼도 해야 하는데…

아이도 낳아야지…

잘 키워야지…

집도 사야지…

걱정이 끊이질 않는다.

그건 사랑하는 마음이 누구보다 크기 때문이다.

얼마나 배우자를 사랑하는지는

아끼는 마음에 있다.

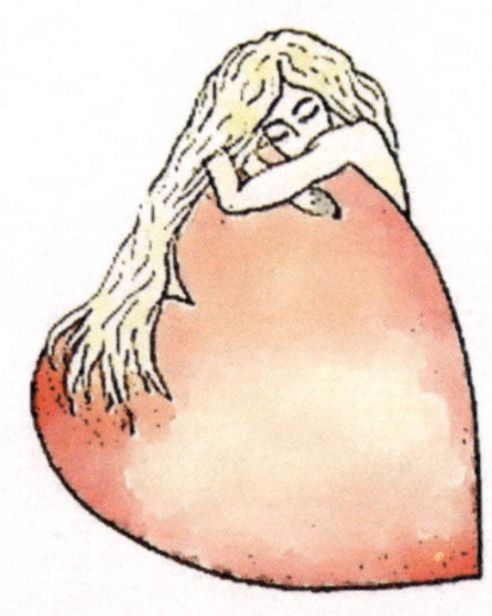

배우자에게 존경받는
사람이 되세요!

행복한 결혼 생활을 위해서는 나부터 좋은 배우자가 되어야 한다. 과연 나는 어떤 배우자가 되고 싶은가? 5년 전, 독서 모임에서 만난 친구가 있다. 남들 눈에는 쓸모없는 얘기도 재미있게 할 수 있는 친구인데, 철학, 인생, 삶에 관해 많은 이야기를 나누었다.

하루는 그와 결혼과 사랑에 관해 이야기하다가 어떤 남편이 되고 싶은지 물었다. 그는 "결혼을 하게 된다면 아내에게 존경받는 남편이 되고 싶다."라고 간결하게 답했다.

지금도 나는 그의 말이 멋지다고 생각한다. 나는 존경 받을 만한 배우자인지 스스로 되묻곤 한다. 20~30대 중에 존경받는 사람이 되고 싶다는 마음을 지닌 사람이 얼마나 될까? 배우자로부터 존경받겠다는 마인드는 요즘 세상에 드문 일이다. 그와의 대화에서 내가 감명받았던 것은 존경받을 수 있도록 행동하겠다는 마음가짐이었다.

나는 배우자는 나와 가장 가깝고 대등한 관계로 부부간에 평등이 가장 중요한 것으로 생각했었다. 그런데 그 친구의 생각은 한 발 더 나가 있었다. 아내로부터 존경받을 수 있도록 노력해야 한다는 것.

나는 살면서 여태껏 한 번도 누군가로부터 감히 존경을 받을 수 있을 거라고 생각해본 적이 없다. 어쩌면 존경받을 만큼 행동할 마음이 없지 않았을까. 내 마음대로 하고 싶다는 어린 마음이 더 컸던 것 같다. 나는 결혼한 지 겨우 2년밖에 안 되는 신혼인데, 여전히 나는 내 마음대로 사는 것 같아서, 아내에게 미안하다. 내가 겨우 아내를 위해 하는 것이라곤 '그럴 수 있지.'라는 존중의 말과 아내가 무엇을 하든 우선은 믿으려는 자세뿐이다. 스스로를 평가해보면 나는 존경받을 사람은 아니다.

행복한 결혼생활을 위해서는 경제적인 것부터 이해심, 배려심, 믿음 등 다양한 것들이 조화가 잘 이뤄져야 한다. 아직 수양이 부족한 나로서는 당장에 모든 것을, 다 잘하는 것은 불가능하다. 그러니 그중 하나라도 잘해야 하지 않을까? 라는 생각이 있다.

예전 아버지를 생각해보면 가족을 위해 정말 열심히 돈을 버셨다. 장사에 영업을 하셨는데, 거래처로부터 더러운 꼴도 많이 보았다고 한다. 외벌이를 하시면서 매일 아침 7시 출근을 하루도 거르지 않으셨다. 나는 지금도 경제적인 부분을 책임지셨던 아버지를 존경하고 감사한다. 아마 이러한 아버지의 가족을 위한 태도는 어머니도 분명 인정할 것이다.

사람이 모든 면에서 뛰어나지는 못하지만, 뛰어난 것 하나는 있어야 하지 않을까? 그 다양한 영역 중에 과연 아내가 나를 존경할 만큼 행동하고 있는 게 하나라도 있을까? 없다면 하나쯤은 만들어야 한다. 있다면 하나 더 만들면 좋다.

당연히, 결혼하는 부부는 대등한 관계여야 하며, 갑과 을이 없는 수평적인 관계가 되는 것이 바람직하다. 부부간에 갑과 을이 나누어지는 만큼 불편한 상황은 없다.

존경과 존중이 있을 때 부부관계는 더욱 행복해진다. 서로를 위해 우러러 볼 수 있도록 행동하고, 이를 서로가 알아차려 감사할 줄 아는 것.

**평등을 이야기하기보다는
나부터 존중하고 존경받을 만큼 행동하면 어떨까.**

남에 떡이 커 보인다.

이상하게도 내 것만 작은 것 같다.

하지만 실상 비교해보면 그리 다르지도 않다.

그렇다고 똑같지도 않다.

다들 비슷한 고민 하나둘은

갖고 살아간다.

마냥 행복해 보이는 사람과

항상 불행한 사람의 차이는

행복과 불행을 표현하는 빈도의 차이일 뿐이다.

그놈이 그놈일지라도

사랑을 표현하는 놈과

짜증만 표현하는 놈은 다르다.

결혼,
가장 중요한 것은 타이밍

사랑에 나이가 중요할까?

10살 이상 차이 나는 사람과 사랑하는 모습을 보았나? 배우나 인기스타들은 나이 차이가 꽤 나는 사람과 결혼해서 관심을 끈다. 그런 것들을 보면 '결혼엔 나이가 중요할까?', '서로 사랑할 수만 있다면 되지 않을까?'와 같은 생각이 든다. 하지만 이러한 것들이 여전히 기삿거리가 되고, 화제가 되는 이유는 일반적이지 않는다는 데 있다.

물론 다른 사람과 무조건 비슷하게 살 필요는 없다. 하지만 보통은 사회통념에서 벗어나지 않게 살려고 노력한다. 나이 차이를 극복하는 것은 자신이 하는 것이고, 다름의 시선은 당당히 견뎌내면 된다.

현자는 "세상엔 완벽한 것은 없다."고 말했다. 동갑이라서 좋은 점이 있고, 연하라서 좋은 게 있고, 연상이라 좋은 게 있다. 모든 게 장단점이 있다. 단지 내가 원하는 가치가 누구와 만났을 때 부합하는지가 중요할 뿐이다. 우리 사회에는 결혼 적령기가 있다. 취업하고 나서 나이를 먹기 시작하면 묻는 단골 질문이다. "결혼 안 하니? 결혼할 사람 없니?"

결혼하지 않는 것이 이상한 일이 아닌데도, 결혼은 당연하다는 문화가 남아있는 것. 하지만 결혼하지 않아도 잘못은 아니다. 최근에는 결혼하지 않고 혼자 사는 모습들이 TV에서는 자주 방영되는데 안타까워 보이지 않는다. 오히려 인생을 즐기는 모습이 자유롭고 멋있어 보인다. 결혼할 시기가 지나면 결혼에 대한 열망도 상당 부분 줄어들고 또 만남에 있어서도 조심스러워진다고 한다.

실제로 30대 후반에서 40대가 된 여자 사람 친구들을 만나 이야기를 해보면 '어느 일정 이상 나이가 넘어가면 결혼에 대한 열망이 사그라든다.'고 말한다. "이제 와서 뭔 결혼이냐. 지금이 편하다. 지금 충분히 만족하기에 굳이 변화가 싫다."

모든 일에는 타이밍이 중요하다. 결혼도 마찬가지다. 나중에 하고 싶을 때 할 수 있지만 그땐 더 큰 노력과 시간이 필요하다. 그렇다고 결혼할 시기라서 결혼하는 것은 위험부담이 너무 크다.

**친구들이 다 결혼하는데 나만 못해서
결혼하는 것만큼 어리석은 결정도 없다.**

결혼하는 것이 목적이라면 타이밍이 중요하다. 반대로 행복한 결혼이 목적이라면 사랑과 사람이 더 중요하다. 없다면 안 하면 그만이다. 대신, 하고 싶다면 내가 바뀌면 된다.

결혼하려 한다면, 혼인신고 자체가 목적인지 행복한 생활이 목적인지 는 고민하여야 하지 않을까.

사람마다 결혼할 나이가 다르지 않을까?

시대에 따라서 결혼 적령기는 달라진다.

과학 기술에 의해서도 달라지고 있다.

우리의 시계는 다르게 흐른다.

시간에 쫓겨 결혼한 친구가 있었다.

30대가 되면 자신이 원하는 사람과 결혼할 수 없을 거라 생각했다.

그 친구는 대학 졸업을 앞두고 선 자리에 나가기 바빴다.

곧 그는 결혼했다. 거기까지가 친구의 마지막 소식이다.

쫓겨서 하는 결혼이 행복할 수도, 행복하지 않을 수도 있다.

그런데 마음이 조급한 상황에서 얼마나 좋은 선택을 할 수 있을까?

마음 맞는 사람을 만나는 일은 시간을 들이기에 충분하다.

여유를 가질 필요가 있다.

그리고 나서 결혼할 마음의 준비를 하면 된다.

내게 마음만 있으면 누구와도 결혼할 수 있다.

Chapter 3.

행복한 결혼 생활을 위한

남편의 자세

어머니는 내게만 최고예요

행복한 결혼 생활을 하는 남편들에겐 어떤 특징이 있을까? 무조건 와이프의 말을 잘 듣는 것? 그렇지는 않다. 왜냐하면 불행히도 아내가 시키는 대로 순종하는 남편은 거의 없다. 반대로 남편 말을 잘 듣는 아내도 없다.

연애 때는 정말 잘 맞아서 싸울 일이 없었던 커플도 결혼하고 나면 다투게 되어서 고민 상담을 한다, 다른 두 사람이 만나, 살다 보면 의견 충돌이 일어나는 것. 특히 아이가 생기고 나면, 잠도 잘 못자고 몸이 지치니 예민해져서 싸울 일이 많아진다.

최근 결혼하는 연령은 과거보다 많이 올라갔는데, 보통은 30살은 넘어서 결혼하는 게 일반적이다. 이것은 달리 말하면, 자신의 가치관이 30년 넘게 굳어 있는 것을 의미한다. 오랜 시간 다르게 살아왔기 때문에, 타인과 습관이나 생각이 같을 수 없다. 나와 생각이 같길 바라는 게 욕심이다.

그래서 부부 사이도 의견이 맞지 않아 충돌하는 것은 당연하다. 하물며 어머니와는 어떨까? 당연히 가치관이 같은 게 이상하다. 요즘 말하는 '라떼', 즉 세대 차이는 2,000년 전 중국에도 있었다. 공자 《논어》를 보면, "옛날에 안 그랬는데 요즘은 사람들은 공부를 하지 않는다."라는 내용이 있다. 나는 이를 보고 한참을 웃었는데, 시대가 아무리 변해도 세대의 격차는 언제나 있다는 것이다. 세월이 지나면서 자신도 모르게, '요즘 애들은 개념이 없어'라고 말하는 꼰대가 되는 것처럼 말이다.

게다가 며느리와 시어머니의 관계는 특수성이 있다. 여기엔 어쩔 수 없이 발생하는 '시'자가 있다. 아들에게 좋은 어머니라 할지라도, 며느리 입장에서는 불편할 수밖에 없다. 아무리 시어머니가 잘해줘도 어색한 기운을 떨치는 건 쉽지 않다. 마치 회사에 갓 출근한 신입과 부서장님 정도의 차이랄까? 어린 시절, 우리는 '웃어른은 공경해라'고 배웠는데 시어머님이 자꾸만 선을 넘는 행동을 한다. 대놓고 싫다며 싸울 수도 없고, 또 그렇다고 무작정 시어머니가 하자는 대로 하는 것은 더 싫다. 며느리 입장에선 어찌할 수 없어 짜증이 나는 것이다.

이 점을 남편들이 잘 이해하고 조율하여야 하는 것이 무척이나 중요하다. 비록, 남편에게 있어 우리 엄마는 최고일지라도, 나에게만 그렇다는 마인드가 필요하다. 그런데 남자 사람 친구들과 이야기를 나누다 보면, 이를 모르는 남자들이 의외로 많아 놀란다. 그들이 매번 하는 말은, '우리 엄마는 안 그래.'이다. 설령 어머니가 정말로 이해심이 많고 좋더라도, 그 말은 아내가 판단할 것이지, 아들이 얘기할 부분은 아니다. 아들에게 나쁘게 할 어머니는 없으니까 말이다.

어머니 입장에서 아들은 어떤 존재일까? 아들은 열 달 동안 자신의 몸에 품어 나은 귀한 자식이다. 아이를 낳는 일이 얼마나 힘든 일이며 숭고한 일인지 말하지 않아도 알 것이다. 생명을 갖는 일이며 자신의 몸을 해치면서 낳은 자식이다. 그러니 어미가 자식을 얼마나 아끼고 사랑하지 않겠는가.

엄마의 입장에서, 냉철하게 말해서 며느리는 새사람이며, 나의 아들과 사는 여자다. 몇몇 엄마들은 자식만 바라보며 애지중지하며 키우다 보니, 며느리한테 아들을 빼앗겼다는 생각을 하기도 한다. 그러니까 며느리를, 아들만큼 사랑할 수 없다. 불가능하다. 오히려 며느리를 아들만큼 사랑한다고 말하면 더 무섭지 않을까?

제발 이것 하나만은 기억하자.
엄마는 나에게만 좋은 엄마라는 걸!

내가 사랑하는 사람을

상대방도 똑같이 사랑하기 바라는 순간

비극이 시작된다.

부모님을 사랑하는 일은 당연한 일이지만,

그 사랑을 배우자에게 강요하면 안 된다.

사랑은 강요가 아니다.

마음에서 우러나와야 찐 사랑이다.

회피하고 도망치지 말고,
책임을 다하세요

"여보, 이번 명절엔 내려가지 말래? 나 몸도 안 좋고 너무 멀어서 이번엔 힘들 것 같아."

"음… 알겠어. 어머니께 말해볼게."

남편은 어머니께 전화한다.

"여보세요? 어머니 저예요."

"그래. 이번 추석엔 내려오지?

명절 아니면 얼굴도 못 보는데 이번엔 봐야지."

"네? …네. 일단 그래야죠."

남편은 그날 저녁 아내에게 말한다.

"있잖아. 명절에 어머니는 우리가 당연히 오는 거로 아시더라."

"아니. 당연히 그러시겠지. 그래도 자기가 어머니께 이번엔 내려가기 힘들 것 같다고 말씀드려야지. 말 안 했어?"

"으응. 그러니까. 말해야지."

"말 안 했구나. 어머니한테 간다고 한 건 아니지?"

"음…. 그럼 네가 어머니께 전화해서 말할래? 못 간다고?"

아내들이 여기서 짜증이 날 수밖에 없다. 남편의 줏대 없는 태도와 그 상황이 짜증 나는 것.

인생은 선택의 연속이라고 말했던, 한 철학가가 있었다.

"Life is C. Between B & D."

Birth(탄생)와 Death(죽음) 사이엔 Choice(선택)만 있다는 것.

중간 역할을 잘하는 것은 과감하게 한쪽을 선택하고 밀어붙이는 것이다. 어머니에게 간다고 했다가 갑자기 못 간다고 말하면, 뭐라고 생각하겠는가? '아, 며느리가 오기 싫어하나?'라고 생각하지 않을까? '아내가 시켰니?'라는 말을 듣지 않게끔 하는 것은 남편이자 아들로서 해야 하는 중간 다리 역할이다.

어떤 선택을 하든지 결과에는 책임이 따르기 마련이다. 아내가 원하는 대로 하면 당연히 어머니가 서운해하신다. 반대로 어머니에게만 맞추면 아내와 다투게 된다.

중간자 역할을 하는 게 쉽지 않은 건 누구나 알고 있다. 그러나 책임은 다해야 한다.

관계에 정답이 있을까?
없다. 선택과 책임만이 따를 뿐이다.

비겁하게 회피하지만 말고,
과감히 '좋으면 좋다', '싫으면 싫다',
'되면 된다', '안 되면 안 된다'고 말하자.
그게 남편의 역할이니까.

아내는 내게 시댁에 가기 싫다고

이야기한 적은 없다. 왜일까?

내가 먼저 집에 가자고 이야기하지 않기 때문이다.

나도 가끔은 집에 가기 싫은데 아내는 오죽할까?

역지사지로 생각해 보면 상대를 이해하게 된다.

부모님과 아내를
동시에 설득할 수 있을까?

설득은 다분히 정치적인 것이다. 작년에 독서모임에서, 특정 정당에서 일하는 사람을 만나 이야기를 나누었다. 그때 정치에 문외한이었던 나로서는 호기심이 생겼다. 나는 그분에게 조심스레 정치가 무엇인지 물었는데, 그 답이 얼마나 명쾌한지 듣고 무릎을 '탁' 치게 만들었다.

"정치란 편 가르기에요."

간단하지만 이 얼마나 정확한 표현이지 않은가? 네 편과 내 편을 만들기 위한 행동은 가히 정치적인 것이다.

아내와 어머니가 물에 빠지면 어머니를 구할 것인가? 아니면 아내를 구할 것인가? 이는 마크샌델의 《Justice 정의란 무엇인가》에서 던지는 전차문제에서 누구를 구할 것인가 보다 어렵다. 둘 다 포기할 수 없기에, 하나를 선택하는 일은 불가능에 가깝다.

하지만 극단적인 상황에서는 정치적 행동을 할 수밖에 없다. '누구의 목숨을 구할 것인가'는 내가 누구 편인지를 알 수 있는 극단적 질문이다. 하지만 누구도 구할 수 없는 용기 없는 남자는 언제나 중립을 지킨다. 그 것으로 그는 자신의 의무가 끝났다고 생각한다.

그래서 많은 남편들이 고부 갈등에서 벗어나 중립을 지키는 것으로 자 신의 임무를 끝내 버린다. 물론 정치적 중립은 때에 따라 중요하다, 강 대국 사이에서 중간을 지키는 것 또한 어려운 일이니까. 그렇지만 바람 직한 남편의 자세는 힘들더라도, 선택하고 행동으로 옮기는 용기를 지 니는 것이다.

어머니와 아내가 물에 빠졌는데 둘 다 구하지 못하는 것만큼 어리석 은 사람은 없다. 현명한 남편은 마음속으로 선택해야만 한다. 미룬다고 문제가 해결되지는 않는다. 하지만 많은 기혼 남성들이 중립을 지키려 고만 하니 문제가 생겨도 해결이 잘 되지 않는다. 그런데 여기서 생각 해보아야 할 것이 있다. 생각이 다르고 사상이 다른 것은 정치적인 것인 데, 과연 설득이 가능할까?

나는 애초에 부모님과 자식 사이에 완벽한 설득은 불가능하다고 본다. 내가 설득할 수 있었을 것 같으면 문제가 애초에 발생하지도 않았을 것이다. 그런데도 자신이 해결할 수 있다고 믿는 남편들이 있다. 아내에게는 어머니를 이해해달라고 이야기하고, 엄마 편을 든다. 반대로 어머니에게는 아내의 입장을 말하며 설득하려고 한다. 이는 웬만하면 좁혀질 수 없는 정치적인 일을 하는 것이다. 차라리 설득하려고 하지 말아야 하지 않을까? 어차피 생각을 바꿀 수는 없으니까 말이다. 물론, 그렇다고 포기하라는 것은 당연히 아니다.

대신 나의 가치관대로 움직여야 한다. 어떤 문제가 발생했을 때 엄마 편도, 아내 편도 아니어야 한다. 내가 옳다고 생각하는 대로 행동해야 하는 게 좋다. 괜히 누구의 말을 듣고 행동했다가 좋지 않은 결과가 발생하면 어떻게 할 것인가?

예를 들어, 어머니의 말을 따라, 아내의 반대에도 명절에 내려가는 것으로 결정했다. 귀경길, 극심한 차량 혼재 속에 차 사고가 일어났고 가족 모두가 큰 변을 치렀다. 당신은 어머니의 뜻을 따른 것을 원망하지 않을 수 있겠는가?

또 설에 내려오라는 어머니의 뜻을 거스르고 아내 편을 들었다. 그런데 몇 주 후 어머니가 급작스레 돌아가셨다. 당신은 아내를 원망하지 않을 자신이 있는가?

선택은 자신이 하는 게 옳다.

누구의 편에 서고 말고가 어디 있겠는가. 두 사람 모두 소중하다. 대화를 통해 푸는 것도 중요하지만, 일단 소신 있게 자신의 의견을 밝히자. 한쪽의 말을 듣고 그 말을 상대방에게 옮기면, 내 편과 네 편으로 나누게 돼서 두 사람의 감정의 골은 깊어진다. 또한, 애매모호한 태도는 두 사람 모두의 화를 불러일으킬 뿐이다.

어차피 설득은 없다.
협상만이 있을 뿐이다.
그러니 소신껏 결정하는 것이다.

아들이 엄마 편을 드는 것도 당연한 일이고
남편이 아내 편을 드는 것도 당연한 일이다.
그러니 나는 내 할 일을 한다.

아내가 잃는 게 있으면 더 큰 가치를 줘야 한다.
또 어머니가 손해 보는 게 있다면 더 큰 가치를 주면 된다.

인간관계는 모두 교환의 연속이다.
당신은 아내와 부모님에게 무엇을 줄 것인가?

결혼 후,
효자가 되는 아들들에게

부모들의 걱정은 끊임없다.

학교 다닐 땐 성적.

대학 시절엔 취업.

취업 후엔 결혼.

결혼 후에는 출산.

'우리는 부모님이 원하는 대로 사는 게 아닐까?'

 다 나 잘되라고 하는 말이라고 하는데 여전히 스트레스가 된다. 스트레스는 만병의 근원이라고 하는데, 가끔은 잘되라고 하는 말이 질병을 유발할 것만 같다. 부모님도 이 세상을 살면서 자신이 부족한 것들을 자식이 갖기 바라면서 '남들만큼만 해라.'고 강요하는 것인지도 모른다.

 예를 들어, 친구들 중 결혼하지 않은 자식이 있는 부모가 있다. 옆집 아들은 결혼하고 아기도 낳았다며 소식을 전한다. 그게 부러우니 남의 집 자식과 비교하게 되고 자식에게 자꾸만 너도 빨리 결혼해서 애도 낳아야지라고 말한다.

이에 부응하듯 자식들은 부모님 잔소리에 고통 받으면서도 새겨듣는다. 참 착하다. 아직도 친구들을 만나 결혼에 관해 이야기하다 보면 '부모님 때문에 한다.'는 친구들이 있는데, 놀라운 사실이다. 결혼을 효도로 생각하는 남자들이 생각보다 많은 것. 이 사실을 미혼 여성들이 알게 된다면 얼마나 소름 끼칠까? 물론 그들이 자신의 예비 신부를 사랑하지 않는 것은 아니다. 당연히 사랑하니 결혼하려 하지 않겠는가.

그런데도 이 찝찝한 기분은 무엇일까? 결혼은 두 남녀가 만나서 하는 것인데, 부모가 그 선택에 결정적인 요인으로 작동하기 때문이다. 이런 효자는 결혼 후에도 많이 볼 수 있는데, 총각일 때는 부모님 속 썩이고 말도 잘 안 들었던 녀석들이 결혼만 하면 효자가 되려 한다. 물론, 자식이 부모를 잘 모시는 것은 바람직한데 이것 자체를 나쁘게 볼 필요는 없다. 문제는 자신만 효자가 되려고 하지 않는다는 데 있다.

"여보 이번에 어머니 환갑 인 거 알지?"

"응 알지."

"그래서 말인데 이번에 어머니 생일상 우리가 한번 준비하는 게 어떨까? 기억에 남게 해드리고 싶거든."

"응? …그래. 그건 좋은데 요리는 누가 다해?"
"자기가 해줘야지. 내가 도와줄게."

평소엔 요리도 않는 남편이, 어머니 생신 준비를 준비하자고 하면서 자신도 도와준다고 이야기한다. 남편은 도와주는 게 오히려 짐이 되기도 한다. 그러니까 어쩔 수 없이 부인은 혼자 하게 될 상황이 눈에 선하니, 짜증이 날 수밖에 없다. 여기서 문제가 되는 것은 효도를 부인에게 전가한다는 것이다. 자신의 효를 며느리에게 하라는 게 웃기지 않은가.

나는 부산에서 나고 자란, 완전한 부산 토박이다. 경상도 아버지는 가부장적이었다. 나이를 먹어서 알았지만, 아버지만 그런 게 아니었다. 친구들 아버지들도 대부분 엄했다고 한다. 나처럼 가부장적인 집에서 자란 친구 중에는 아버지와의 사이가 서먹한 경우가 많았는데, 좋게 말해 서먹이지, 평소에 대화가 거의 없다고 한다.

그런 친구들은 결혼을 했지만, 여전히 아버지와의 대화는 익숙하지 않다. 하지만 자식의 도리는 해야겠다며, 이들은 자신이 못하는 자식의 도리를 자꾸만 아내에게 부탁하거나 시킨다. 그러니 아내 입장에서는 스트레스다.

20년 전만 해도 외벌이가 맞벌이보다 흔했고, 집안의 경제권을 남자가 갖고 있었다. 그리고 아내에게 시부모님을 모시는 것을 강요하기도 했다. 많은 어머니들이 이를 감수하며 사셨다. 이것은 돈을 벌어온다는 것만으로 아내에게 자기 생각을 강요했던 건 아닐까?

하지만 이제는 세상이 바뀌었다. 요즘 같으면 '지 부모인데 지가 해야지.'라는 말이 당장 목구멍을 따라 튀어나올 것이다.

효도를 할 거라면 혼자서 최선을 다해서 하면 된다.
아내에게 효를 강요하지 말자.

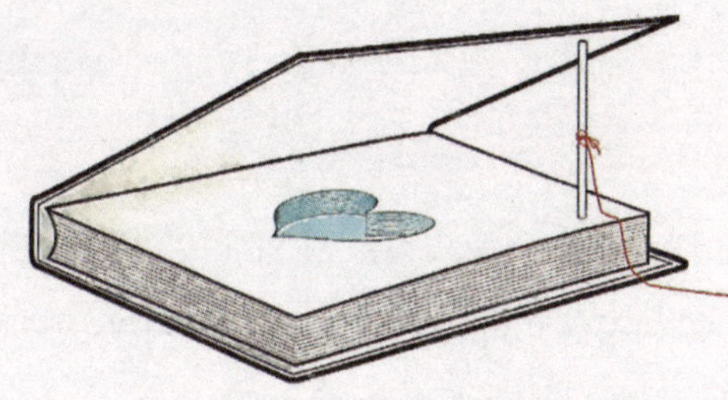

책《82년생 김지영》을 보면

당연하게끔 여겨온 것들에서 발생하는

성차별이 세상에 얼마나 많이 존재하는지

반성하게 만든다.

부부 사이에 당연한 일도

당연한 부탁도 없다.

엄마와 아내,
둘 중 한 분을 선택하라면

수많은 마마보이들에게 묻고 싶은 게 있다. 엄마랑 살 것인가? 아내랑 살 것인가? 자신이 마마보이인지도 모르는 사람이 꽤 있다. 《내일도 사랑을 할 딸에게》의 저자 유인경 작가는 마마보이를 다음과 같이 정의한다.

"대부분 남자들이 하지 않는 것을 어머니와 같이하는 경우 마마보이가 아닐지 의심해 볼 수 있다."

남편이 마마보이라면 이보다 끔찍한 결혼 생활은 없을 것이다. 남편을 하나 두고 시어머니와 쟁탈전을 해야 하기 때문. 게다가 남편은 "그래도 낳아주신 부모인데…."라는 도덕적인 말을 입버릇처럼 하며 아내들을 괴롭힐 것이다.

대부분의 마마보이들은 착한 아들 콤플렉스가 몸에 배여 있다. 착한

아이 콤플렉스는 《착한아이의 비극》에서 처음 쓰인 단어로 아이들이 부모로부터 착한아이라는 반응을 얻기 위해 자신의 내면 욕구를 억압하는 행동에서 비롯된 심리학 용어다.

이러한 습관이 몸에 밴 아이들은, 성인이 되어서도 부모의 뜻을 거스르지 못하기도 한다. 항상 좋은 아들이 되기 위해 노력하고 자신의 부모를 보살펴줄 아내를 찾는다.

얼마 전, 〈며느라기〉라는 드라마를 보았다. 드라마의 내용은 어디서나 한 번쯤 들어볼 법한 며느리 삶에 관한 이야기였다. 그 중 기억에 남는 장면이 있는데, '너무 착한 아들과 결혼하면 힘들 수도 있겠구나.'라고 생각하는 계기가 되었다.

극 중 남자 주인공은 명절에 부모님 댁에 방문하는 문제로 부모님과 다투는 형과 형수님을 본다. 부모님과 형의 부부가 사이가 좋지 않으니 집안 꼴이 말이 아니다. 집을 나온 주인공은 여자 친구를 만나는데, 자신의 여자 친구를 보면서 생각하는 장면이 있다. '엄마, 걱정하지 마. 내 여자 친구는 엄마한테 잘할 거야.'라고 속으로 생각한다.

나는 드라마지만 이런 생각을 한다는 게 너무 화가 나고 답답했다. 결혼은 무조건 나와 배우자를 위해 하는 것이다. 비록 결혼이란 것에 가족이 얽혀있다고는 하지만, 그래도 결혼의 본질은 사랑하는 사람을 만나 한 지붕 아래에 살 게 되는 것이지 않은가. 그런데 어머니한테 잘할 여자라서 좋다는 마음 자체가 별로이다.

여자든 남자든 둘 중 하나를 결정해야만 한다.

어머니와 살 것인지, 아니면 나의 아내와 살 것인지.

부모를 위한 아내, 남편을 만나지 말고,

부모를 잘 도울 것 같은 아내, 남편을 찾지 말자.

능력도 좋고 성격도 좋은데 결혼하지 못하는 형이 있다.

그 형은 부모님이 마음에 드는 그런 여자를 찾고 있다고 했다.

형은 곧 40을 바라보는 나이가 되었다.

이제는 결혼이 점점 힘들어진다는 것을 본인도 안다.

지나고 나서 무슨 의미가 있겠냐마는 나는 그 형이 부모님 생각지 말

고 여성을 만났으면 어땠을까? 라고 생각한다.

아마 지금쯤 지지고 볶고 행복하게 살고 있지 않았을까?

그래도 나는 형이 결혼하지 않아서 참 다행이라 생각한다.

괜히 한 여자의 인생을 힘들게 하지 않을 거니까.

결혼준비, 부모님에게
끌려 다니지 마세요

나이가 서른이 넘었는데도 부모에게서 독립하지 못하는 자식들이 있다. 먼저 캥거루족이라고 불리는 이들은, 결혼하지 않고 부모님 집에서 살며 경제적으로 독립하지 못한다. 또 다른 종류로는 결혼은 했으나 심리적으로 부모에게서 독립하지 못한 자식이다. 후자인 경우, 결혼하면 문제가 생긴다. 정작 자신과 함께 사는 건 아내인데 남편이 엄마의 치맛바람에 휘둘리는 것. 아내의 입장에서 이것보다 답답한 게 있을까?

이는 비단 남자만의 문제가 아니다. 남녀 구분 없이 부모에게서 심리적으로 독립하는 것은 중요하다. 언제까지 부모에게 의존한단 말인가. 그런데 요즘에는 아직 부모에게서 독립하지 못한 자식들이 많은 것 같다. 대학생이 되어서도 문제가 생기면 부모에게 말을 전해서 일을 해결하려 한다. 또 취업을 한 뒤에도, 일을 그만두거나 회사에서 어떤 문제가 생기면 부모님에게 대신 이야기해달라는 사람도 있다. 부모가 너무 자식을 오냐오냐하며 키운 것인지, 아이들이 성인이 되어서도 자신의 문제를 스스로 해결하지 못하는 것은 큰 문제다.

　내가 생각하는 바람직한 부모란, 자신의 자식에게 물고기 잡는 법을 가르쳐주는 것이다. 부모가 평생 물고기를 잡아줄 수 없기 때문이다. 고기를 스스로 잡게 되는 일은, 완전한 독립을 뜻한다. 그리고 결혼까지 하고 나면 아내가 생기고 새로운 가족이 형성된다. 이제는 내 가족을 위해 스스로 고기를 잡아야 할 시점이다. 하지만 부모에게 의존적으로 살아온 사람은 부모란 울타리를 쉽게 벗어나지 못한다. 마음 한편엔 대신 고기를 잡아줬으면 하는 바람이 있는 것. 부모에게 의존성을 보이는 사람은, 결혼 준비과정에서도 그 모습이 상당 부분 드러나기 마련이다.

　결혼은 하나부터 열까지 결정해야 할 것들로 넘쳐난다. 하다못해 밥그릇 숟가락 하나도 무엇을 살지 선택을 해야만 한다. 이렇게 선택할 것들이 많다 보니 의견 충돌이 쉽게 일어난다. 그중에서도 의견 차이가 확실해서 심각해지기도 하는데, 그 원인을 찾고 들어가다 보면 부모에게 있는 경우가 있다.

　예를 들면, 혼수 문제로 양가 부모님 간에 갈등이 자식에게도 영향을 미쳐 파혼까지 가는 커플도 있는가 하면. 또 부모가 상대방의 집안을 마음에 들어 하지 않거나, 딸아이의 남편을 마음에 들지 않은 경우도 있다.

여기서 자식들은 부모에게 끌려가지 말아야 한다. 어차피 결혼은 내가 하는 것이고 책임도 내가 지는 것이다. 부모님의 반대로 헤어지는 건, 핑계가 아닐까. 확신이 없으니까 결혼하지 못한 것이다. '이 사람이 내 사람이다.' 싶으면 어떤 상황도 이겨 낼 수 있어야 한다.

내가 아는 사람 중에는 부모가 예비신부를 마음에 들어 하지 않아 결국 결혼하지 못한 사람이 있다. 축하받지 못할 게 뻔했기에, 그는 부모님 뜻을 따랐고 여자 친구와 헤어졌다. 그리고 10년이 지난 지금도 결혼에는 뜻 없이 혼자 살아간다.

그의 부모님은 자신의 반대 때문에 파혼한 자식이 평생 결혼하지 않고 살아가는 모습을 보니 괴롭다고 한다. 그리고 파혼을 겪은 그는, 더 이상 새로운 사람과 결혼할 용기가 없어졌다고 한다.

**부모를 위해서도 나를 위해서도,
부모의 뜻에 끌려다니는 것은 좋지 않다.**

책임지지 않으려면 선택하지 않으면 된다.

수동적인 삶에는 책임질 일들이 줄어든다.

책임은 타인과 상황에 넘기면 그만이다.

하지만 내가 선택하지 않으면 안 되는 것도 있다.

가끔은 어려운 길인지 알면서도 선택해야 한다.

스스로 선택하고 그에 책임을 다하자.

나는 불효자가 되기로
결심했다

불효자.

언뜻 들으면 나쁜 아들인 것처럼 보인다. 하지만 나의 가정을 최우선으로 하기 위해서는 어쩔 수 없는 선택을 해야만 한다. 사소한 문제로 연인들이 다투는 것과 마찬가지로 결혼을 해도 작고 별로 중요치 않은 일 때문에 부부관계가 금이 간다. 그런데 그 중심에 만약 어머니나 아버지가 있다면 과감히 나는 내 배우자를 선택해야 한다고 생각한다.

취업 준비를 했던 시기에, 모 기업 회장님과의 면접이 기억난다. 최종 면접으로 두 명 중 한명이 뽑히는 것이었다. 사실 면담에 가까웠는데, 아직도 기억에 남는 질문이 있다.

"나, 부모님, 그리고 결혼해서 배우자가 있다고 하세. 그중 누가 가장 소중한가?"

나는 내가 가장 중요하다고 답했다. 그는 나의 답변이 마음에 들었는지 고개를 끄덕였고, 최종 합격 되었다.

내가 중심이 잡혀있지 않으면 부모를 온전히 위할 수 있을까? 불가능하다. 아내는 나랑 한 이불 덮는 가장 가까운 사람이다. 그런 사람의 편을 드는 것은 당연하다. 그런데도 자식의 도리와 부모에 대한 사랑은, 내 가정을 위해 해야 할 선택을 하는데 고민하게 한다.

기꺼이 불효자가 될 수 있는 사람과 결혼하면, 아내는 마음이 편하다. 시부모님께 좋지 않은 소리를 할 필요도 없다. 남편이 알아서 대처하기 때문이다. 나는 '나의 가정을 가장 소중히 여기는 불효자'다. 그래서 때로는 아내가 불편할 것 같으면 명절에도 안 간다. 고향에 갈 때도 아내가 바쁘단 핑계로 혼자 내려가도 괜찮다. 그렇다고 아내가 나를 혼자 내려보내지는 않는다. 이왕이면 같이 가서 부모님을 뵙는 게 아내도 좋다고 말해준다. 참 고마운 말이지 않은가.

나는 효자가 되기 위해 아내와 싸우지 않는다. 사랑하는 아내를 위해서 가끔은 불효자가 되어보자.

우리를 위함이 가장 부모를 위한 일이니까.

나는 후회 없어.

왜냐고?

최선을 다했거든.

열정을 다해 최선을 다해 사랑하면 헤어지고 나서도 후회가 없다.

Chapter 4.

고부갈등 해결을 위해 기억해야 하는 것

90년생 며느리가 온다

2년 전 서점에 갔다가 《90년생이 온다》는 책을 보았다. 처음 책을 보았을 때 '제목을 참 잘 지었구나'라고 생각했는데, 며칠이 지나지 않아 불티나게 팔려 베스트셀러가 되었다. 책은 90년대 생이 회사에 입사하면서 벌어지는 세대 차이에 대해 잘 정리해둔 것으로, 세대 간 갈등이 여전히 얼마나 많이 존재하는지 알 수 있게 해준다.

모두가 꼰대가 되고 싶지 않다고는 하지만, 세월이 지나 어느 순간 자신의 모습에서 꼰대를 발견하고 우리는 세대 간 갈등을 겪는다. 2022년 기준으로 90년생은 33살이고, 99년생은 24살이다. 이들의 이야기는 이제는 회사에만 국한되지 않는다. 90년생 중에는 이미 결혼한 사람도 있고, 앞으로 결혼할 사람은 더 많다. 곧 00년생들이 온다는 말이 생길지도 모른다.

그러니 시어머니도 90년생 며느리를 맞이할 준비를 해야 한다. MZ세대는 솔직한 자신의 생각을 표현하는데 익숙하다. 그래서 며느리를 대하는 마음이나 자세를 과거와 같이 생각하다가는 불화로 이어지기 십상이다. 이미 세상은 많이 바뀌었다.

기성세대가 정답이라 이야기했던 것들은 옳은 것일까? 그땐 정답인지 모르겠으나 오늘은 아닐 수 있다. 옳고 그름에 관한 것도 계속해서 달라지는 것이다.

**그러니 내가 오늘 옳다 여기는 것도
정답은 아니라는 것을 인정하자.**

만약 모두가 똑같이 생각하고 똑같이 행동하면 어떻게 될까? 세상은 무미건조해지고 재미없을 것이다. 그래도 최근에는 다양성이 존중되는 사회로 변하고 있으며 다름을 인정하자는 인식이 넓어져서 다행인 것 같다.

이 세상에서 갈등이 없는 곳이 있을까? 그런 이상적으로 보이는 곳이 하나 있다. 바로 인권을 말살시키는 북한이라는 사회다. 결국 무력 통치가 일어나는 독재, 디스토피아에서만 갈등이 없다.

이렇게 생각하면 갈등이 무조건 나쁜 것은 아니지 않을까? 의견이 달라 부모님과 다투게 되더라도, 자신의 솔직한 이야기를 자유로이 할 수 있는 세상이 훨씬 좋다.

결혼과 동시에 무촌의 관계가 발생한다. 그리고 시어머니, 시아버지, 장모님, 장인어른이라는 새로운 관계가 형성된다. 어쩌면 결혼은 갈등의 서막일지도 모른다.

'피할 수 없다면 즐기자.'라는 말처럼 즐겨보자.

어린아이들은 휴대 전화기에 전화 표시인
수화기 모양을 이해하지 못한다고 한다.
요즘엔 집에 전화기가 없기 때문.

그래서 실제로 전화기를 접하지 않은 아이들은
뼈다귀 모양의 수화기 모양을 이해하지 못한다.

이것이 세대 차이고 생각 차이의 시작이다.
다름을 이해하는 건 부부, 부모님, 자식
모두에게 필요한 것이다.

나이 든 부모님을 모시자고 하는 아들이 있다. "부모님을 요양병원에 모실 수는 없지 않냐?"며 자신의 뜻을 굽히지 않는다. 하지만 아내 입장에서는 불편한 상황이다. 집에 어른을 모시고 함께 사는 것만큼 어려운 결정이 있을까?

부모님을 집에 모시는 일은 쉽지 않다. 밥상에 숟가락 하나 늘어나는 정도로 해결되지 않는다. 부모님과 한집에서 산다는 것은 매우 복잡하고 어려운 문제다. 물론 부모님이 홀로 있을 수 없을 만큼 건강이 좋지 않아서 케어가 필요한 상황이라면 충분히 모실 수 있다고 생각한다. 그러나 한편으로는 정말로 케어가 필요하다면 전문가에게 맡기는 게 옳지 않겠냐는 생각도 있다.

부모님을 모셔야만 한다면, 어떤 선택을 하든, 부부간에 합의가 이뤄져야 한다. 내 부모라고 해서 무조건 나의 의견을 따르라고 강요한다면 분란만 야기하게 된다. 얼마 전, 친구와 결혼에 관한 이야기를 나누다가 '부모님을 모시고 살 수 있겠느냐?' 라는 주제가 나왔다. 나의 주장은 '가능하다면 따로 사는 게 좋다'였다. 이것은 모두가 행복하기 위한 결정이다.

요즘 부모님들은 되려 자식을 귀찮아하는 분위기다. 각자 알아서 살면 되지, 서로 눈치 보며 살지 말자고 하신다. 적어도 우리 부모님은 나이를 먹었으면 따로 사는 것이라면서, 괜히 매일 손주라도 봐달라며 맡기면 고생이라고 하신다. 그래서 어머니는 결혼할 생각도 없었던 20대의 나에게도, 아이를 낳아도 봐주지 않을 거라며 일찌감치 으름장을 놓으셨다. 부모님도 부모님만의 생활이 있고 인생이 있으니까 말이다.

그런데 자식과 함께 살고 싶어 하는 부모님이 있다면 어떻게 해야 할까? 이때는 역지사지로 생각하는 게 좋다. 남자라면, 장인어른과 장모님을 모시고 살 수 있는지. 여자라면, 시어머니와 시아버지를 모실 수 있는지 고민해 보는 것이다. 보통 나는 되지만, 너는 안 된다고 이야기하는 사람이 많다. 그 이유는 나의 상황과 너의 상황을 달리 보려 하기 때문이다. 그래서 우리는 상대방의 입장에서 생각하는 습관을 지녀야한다.

앞서 말했듯이 가능하면 부모님과는 따로 사는 것이 좋다. 그런데 아이를 생각하면 할머니랑 함께 사는 것도 괜찮은 것 같다. 맞벌이가 당연해진 요즘, 엄마를 대체할 할머니가 있는 것도 좋은 대안이 된다. 하지만 어머니를 생각해보면 몹쓸 짓을 하는 것 같기도 하다. 자식 다 키워놓았더니, 지 자식도 봐달라고 하는 것이니 말이다.

나는 어린 시절 외할머니와 함께 살았다. 정확히는 외할머니가 우리 집에 살았다가 더 맞는 표현인 것 같다. 그래서인지 '장모님을 모시고 살아야만 한다면 어떻게 할 것이냐'는 질문도 나에게는 큰 부담은 없다. 함께 살면 된다. 그런데 아마도 장모님이 더 불편하지 않을까 싶다.

부모님을 모시는 일이 모두가 나와 같지는 않다는 것도 잘 안다. 불편하게 생각하는 사람이 더 많을 것이다. 그래서 나는 이왕이면 따로 사는 게 좋다고 생각한다.

그리고 세상이 바뀌었다고는 하지만 여전히 사위에게는 백년손님이라는 칭호가 있다. 그리고 시어머니와 며느리 사이에는 어쩔 수 없는 어려움이 존재한다.

내가 장인어른 댁에 방문했을 때보다는 와이프가 시댁에 방문하는 것이 훨씬 큰 부담이다. 부모님을 사랑하지 않아서가 아니다. 모두가 행복하기 위해 따로 사는 것이다.

고려장

늙고 쇠약한 부모를 산에다 버렸다고 하는

장례 풍습으로 효(孝)를 강조하는 일부 설화에서 전해지지만

역사적 사실은 아니다.

요즘엔 요양병원도 좋아졌다. 부모를 버린다는 마음은 좋은 요양병원에 모실 수 없을 때 갖는 게 아닐까. 또 부모님과 함께 살며 이에 못마땅한 아내와 항상 싸우는 것은 효도일까. 또 요양병원에 모셔놓고 거들떠보지도 않는 게 진짜 버리는 건 아닐까.

한국은 동방예의지국이었다. 특히 조선시대는 유교문화가 지배하고 있었고, 그 시절 학문인 '소학(小學)'을 보면 그 당시 사회가 얼마나 효에 대해 엄격하고 강조했는지 알 수 있다. 훌륭한 사람이 되기 위해서 가장 먼저 해야 할 일은 부모를 바로 섬기는 사람이 되는 일이라 할 정도였으며, 부모님이 돌아가시면, 3년간 무덤을 지켰다. 이 얼마나 지극정성이란 말인가. 하지만 최근엔 과거처럼 부모님을 섬길 수 없다. 그리고 내 생각이지만 부모님도 이를 원치 않으실 것 같다.

그래도 결혼을 하고 나면 남편이나 아내가 자신의 부모에게 잘하는 모습을 보면 기분이 좋다. 아내가 나의 부모님께 잘했으면 하고 바라면 방법은 간단하다. 우선 나부터 부모님을 모시듯이 장인, 장모님을 대할 각오를 해야 한다. 웃어른을 모시듯이 정성을 다하는 것이다.

사위가 왔다고 맛있는 음식을 준비하는 백년손님이라고 하여, 아직도 사위 대접을 받으려고 하면 안 된다. 이제는 사위들도 싹싹해야 살아남는다.

나는 와이프 집에 방문할 때 주방에 들어가기를 당연하게 생각한다. 음식을 준비하고 계시면 같이하고, 고기도 굽고, 그릇도 씻고, 수저도 놓는다. 그리고 사실 나는 음식 하는 것도 좋아해서, 장인어른 댁에 가면 처남과 내가 주방에 자주 들어가 있다. 사위라고 주방에 들어가는 것을 어색해하지 말자.

오히려 가만히 앉아서 주는 걸 받아먹어야 하는 상황이 더 불편하지 않은가? 장모님은 웃어른인데, 내가 가만히 앉아 있는 것은 맞지 않는 것이다. 그래서 나의 엉덩이는 언제나 가볍다.

만약 아내가 나의 부모님께 잘하길 바란다면, 최소한 그 두 배만큼은 아내 부모님께 잘하면 된다.

그러면 내가 하는 것에 절반은 아내가 고마워서 하지 않겠는가?

배우자가 자신의 부모에게 잘하는 것을 당연하게 받아들이면 안 된다. 이것은 의무가 아니다. 배우자의 부모까지 자신의 부모처럼 여겨야만 하는 이유는 없다. 당신의 부모님을 잘 모시려고 당신과 결혼 한 것은 아니라는 것이다.

단지, 그 사람은 나의 남편, 아내의 부모니까 나의 부모만큼 소중하다 여기고 행동하는 것이다. 이러한 마음을 훼손하지 하지 않도록 나부터 더 잘하자.

바라는 마음에는 끝이 없다.

하나를 해주면 열을 요구한다.

그러니 우리는 반대로 하나를 받고 열을 줘보자.

베푸는 것처럼 행복한 일도 없다.

제사,
남의 조상을 모시는 일

부모를 위해 나서서 행동할 사람은 그 누구도 아닌 '나'이다. 그런데 가족이란 이유로 내가 아닌 '남'에게 시키려고 하니 문제가 된다. 특히 제사와 같이, 남의 조상을 모시는 일이 그렇다.

배우자는 가족이지만 특수한 계약 관계라는 데 초점을 맞추고 살아가는 게 좋다. 그러니 아내와 나 사이의 관계는 무촌으로 피 한 방울 섞이지 않은 철저한 남이다. 그래서 법적으로 그 관계를 가족이라고 명명하는 것.

제사와 관련된 일은 며느리에게 큰 스트레스를 준다. 이는 며느리라는 이름을 얻는 대부분의 사람이 겪는 고초다. 돌아가신 부모를 기리는 일은 의미가 있을까? 이것은 나의 진짜 가족에게만 의미 있는 것이다. 냉정하게 말하면, 핏줄이 아니면 관계없다. 그런데도 많은 사람들이 남의 제사 음식 준비부터 참여를 강요받는다. 타의로 제사를 준비하다 보니 당연히 지내기 싫다. 게다가 제사 음식 준비가 얼마나 힘이 드는 일인가. 파업하고 싶은 어머니들 참 많을 것이다. 지금껏 해왔으니까 참고 그냥 손해 보며 사시는 것이다.

주변에서 제사 때문에 스트레스를 받는 사람들 이야기를 들어보면 황당한 경우가 많다. 특히 시누이, 아버지의 누나나 여동생들이 더 난리라고 한다. 정작 자신들은 제사 준비를 도와주지도 않을 거면서 말이다. 아들 된 입장에서 고모들이 힘을 합쳐서 어머니에게 뭐라고 하니 참 어이가 없는 상황이다. '지들 엄마 제사인데, 왜 우리 엄마한테 그러는지 모르겠다.'는 것이 정상적인 아들의 반응이다.

그렇게 제사가 지내고 싶으면 본인이 하면 그만 아닌가. 제사의 유래가 어떻든지 그건 관계없다. 제사를 지내는 모든 집안이, 과거 방식 그대로 지킬까? 세상이 바뀌면 문화도 바뀌기 마련이다. 밤 12시에 지내야만 했던 제사도 일찍 지내기도 하고 하루에 몰아 합쳐서 지내기도 한다. 제사도 다들 자신의 편의에 맞게 지내는 추세다.

내가 생각하는 제사의 본질은 돌아가신 이를 잊지 않고 그리는 하나의 행사이자 의식이다. 상다리 부러지게 음식을 놓는 게 중요한 게 아니다. 진심 어린 마음으로 기리면 그만이다. 만약 제사의 가장 중요한 일이, 음식을 준비하고 절하는 일이라고 한다면 아마 이 문화이자 종교는 오래가지 못할 것이다. 귀신도 없다고 생각하는 마당에 누가 제사를 지내겠는가.

그런데도 나이 든 아저씨들은 마음이 중요하다면서도 제사 준비를 강요한다. 정말 제사의 의식 자체가 중하다면, 일급 요리사를 모셔서 제사 준비하는 게 맞지 않는가. 나도 평소에는 한 번도 먹어보지 못할 만큼 요리 잘하는 셰프님을 거액으로 모셔서 제사 준비하면 되지 않는가? 조상님도 미슐랭 한번 드셔보시면 좋지 않은가? 제사 때문에 고통받을 이유는 그 어디에도 없다.

**와이프가 우리 집 제사 지내는 걸 도와주면
나는 아내 집 조상님 제사 지내는 걸 돕는 게 맞다.**

만약 아내가 하기 싫다면 하지 말라고 하고 내가 하면 그만이다. 싫은 것을 억지로 할 필요가 없다. 부모님이 나에게 뭐라고 하는 게 두려운가? 그건 내가 감수해야 하는 것이다.

나는 제사를 중요시하는 가부장적인 집안에서 태어났다. 그래서 지금도 우리 집안은 제사를 지낸다. 나는 집에서 멀리 살기 때문에, 제사에 참석하지 않는다. 앞으로도 제사를 지낼 일은 거의 없을 것 같다.

허나, 제사를 생각하면 내 마음이 불편한 게 있는데, 어머니는 지금도 제사음식을 해야 한다는 것이다. 이건 어머니가 아버지와 결혼한 것이고 내가 개입할 수 없는 문제다.

어머니가 제사 준비를 하지 않는다고 선언하더라도 나는 괜찮다. 하지만 아버지는 아닐 것이다. 그러니 두 분이서 알아서 해결할 수밖에. 자신의 어머니가 그렇게 해왔으니까 내 아내도 당연히 해야 한다고 생각하는가? 나는 어머니가 지금껏 고생한 게 더 안타까울 뿐이다. 앞으로도 나는 아내에게 제사음식을 준비하게 하지 않을 것 같다.

홍동백서

조율이시

어동육서

제사에 법칙이 있는 게 퍽 재미있다.

이를 지키지 않으면 조상님이 노하실까?

하기 싫은 음식 억지로 차린다고 조상님도 좋아할까?

제사 때문에 싸우는 것보다는

함께 더 잘 사는 게 중요하지 않을까?

화나게 하는 말,
"우리 엄마는 안 그래!"

아내가 그렇다면, 그런가 보다 하면 된다. 굳이 아니라고 이야기하면 싸움밖에 생기지 않기 때문이다. 특히 시부모님 관련된 이야기는 아내가 말하는 걸 받아들이는 게 좋다. 그런데 많은 기혼 남성들은 자주 하는 말이 있다.

"우리 엄마는 안 그래!"

진짜 자신의 어머니가 안 그럴까?

어머니는 아들 앞에서는 한없이 착한 사람일지라도 며느리 앞에선 바로 달라지기도 한다. 설령 자신의 어머니는 그렇지 않다고 생각하더라도 이 말은 나 혼자서 생각하고 아내에게는 이야기할 필요 없다. 어머니는 나랑 30년 넘게 한집에 살아온 사람이며, 배 아파서 나를 낳고 길러주신 분이다. 그러니까 엄마 눈에는 자식이 얼마나 귀해 보이겠는가. 내 눈에도 그런 어머니가 좋을 수밖에 없는 것이다.

아무리 입으로 엄마가 좋다고 와이프에게 이야기한다고 와이프가 어머니를 좋아하게 될까? 바뀔 것도 없고, 만약에 사이가 안 좋은데 이런 얘기를 하면 코웃음만 칠 것이다. 오히려 반발하는 마음만 강해진다.

《인간관계론》의 저자 데일카네기는 상대와 좋은 유대 관계를 맺기 위해서 상대방의 마음을 인정하는 자세가 중요하다고 한다. 아내가 무슨 말을 하든지 일단 이렇게 이야기하자.

'그렇구나.'
'그럴 수 있지.'
'그랬구나.'

좋고 나쁜 게 있을까?

나한테 좋으면 좋은 거고

나한테 나쁜 거면 단순히 나쁜 걸까?

어떤 상황이든
비난하지 말 것

과거 아버지 세대처럼 행동하는 남편은 없다. 아마 그렇게 행동하면 쫓겨날 것이다. 대신에, 고부 갈등에 치여 새우 등 터지는 30대 남자들이 많아진 것 같다. 고부갈등은 기혼 남성들에게 있어 큰 고통이 된다. 누구 편을 들 것인지는 매우 중요한데, 두 여자를 모두 만족시키겠다는 마음을 접어야 한다.

한때 젠더 차이를 잘 설명해 인기를 끌었던 책으로,《화성에서 온 남자, 금성에서 온 여자》가 있다. 책을 보면 남자들은 보통 어떤 문제가 있으면 해결책을 제시하려는 경향이 있고, 여자들은 문제점을 그저 듣고 공감해 주기를 원한다고 한다.

남편들은 어떤 문제점이 발생하면 이를 해결하는 데 집중하기 때문에 합리적이지 않은 상황이나 이해가 되지 않으면 아내를 탓하기도 한다. 그러니 아내는 답답해 죽을 지경이다. 솔직하게 이야기를 털어놓았는데 자기편도 아니고 남의 편만 들으니 더 화가 치밀어 올라오는 것이다. 아내 입장에서는 그냥 내 마음의 상태를 좀 알아줄래? 인 데, 남자들은 그러지를 못한다.

그러면 나라고 다를까? 사실 나도 똑같은 일반적인 남자다. 공감보다는 해결책이 먼저 떠오르는 그런 사람이다. 내가 다른 점이 있다면, 말하지 않고 그저 고개를 끄덕이며 가만히 있을 수 있는 것뿐이다. 모든 상황이 아내가 옳은 것은 아니다. 하지만 굳이 아내 편을 들지 말아야 할 이유는 무엇인가? 아내가 힘들다는데, 그러면 힘든 사람 편을 들면 그만이지 않은가.

최소한 어떤 상황이든 배우자를 비난하지 말아야 한다. 비난은 사람의 마음을 찌르는 언어다. 창으로 나를 찌르니 상대가 어떻게 반응하겠는가? 도리어 나에게도 칼을 겨누게 된다.

**그러니 고부갈등이든, 부부 사이에서 의견차이든
최소한 서로 비난은 하지 않는 게 좋다.**

다른 사람은 나를 보게 만드는 거울이다.

상대의 얼굴을 웃게 만들지 울게 만들지는 나에게 달려있다.

내가 웃기 위해서는 상대를 웃게 만들자.

감사함은 말로 해야
전달돼요

배우자의 부모님께 감사한 마음을 얼마만큼 가지고 있는가?

또 나의 부모님에게는 감사한 마음을 다해 행동하는가?

사람들은 살기 바쁘다는 핑계로 부모님께도 잘하지 못한다. 스스로 '나는 참 부모님께 잘하는 효자야.' 라고 생각하는 사람을 지금껏 나는 보지 못했다. 주변에서 '저 사람은 효자구나.'라고 평하지만 정작 자신은 아니라고 손사래를 치는 게 일반적이다. 그만큼 효도는 어려운 것이다. 그러니 내 부모한테도 잘하지 못하는 것을 아내에게 요구하는 것은 이치에 맞지 않다.

책《무례함의 비용》의 저자 크리스틴 포래스는 "예의 바르게 행동하는 것은 자신에게도 혜택으로 돌아온다."라고 주장한다. 고맙다는 말 한마디가 당신을 남다른 존재로 만드는 것.

그러니 나부터 아내의 가족을 존경하고
사랑하는 마음을 가져야한다.
그리고 감사한 마음을 직접 전달하는 게 좋다.

아내 앞에서 장인어른과 장모님께 감사하다는 말을 소리 내어 표현하는 습관을 기르자.
자신의 부모에게 잘하고, 그 감사한 마음을 전하는 남편이 미워 보이는 아내가 있다면 그 아내가 이상한 게 아닐까?

내게 주어진 시간은 무한한 것만 같았다.

하지만 얼마 전 죽을 고비를 넘기고 느꼈다.

나의 시간도 언제 끝날지 모른다고.

내일 죽을지 모르는 상황에서 가장 괴로웠던 것은 미안함이었다.

그래서 유서를 썼다.

부모님보다 먼저 세상을 떠난다 생각하자 죄송했다.

아내에겐 미안했다.

죽음 앞에서 인간은 나약해질 수밖에 없었고,

어떻게 살아왔더라도 후회되는 것들이 있었다.

그것이 나에겐 가족이었다. 내가 먼저 눈을 감게 되어도,

그리고 상대가 먼저 떠나게 되어도 미안했다.

덜 미안하기 위해 살아야 하지 않을까? 후회하지 않도록 말이다.

Chapter 5.

조금은 특이한

우리 부부의 결혼생활 양식

가끔은 각방을 써도 좋다

"우리 가끔은 각방을 쓰자."

결혼 전, 와이프에게 말했고, 아내는 흔쾌히 수락했다. 지금도, 우리 부부는 특별한 일이 없어도 각방을 종종 쓰고 있다.

내가 각방 쓰는 걸 다른 사람에게 이야기하면, '신혼이 무슨 각방이냐?'라며 이상하다는 반응을 보이면서, '각방은 60대는 지난 나이 든 사람들이나 하는 것'이라고 한다. 하지만 더 옛날을 생각해보면 각방이란 개념 자체가 없었다. 나이가 들어도 부부가 한 이불 덮고 자는 건 당연한 것이었다.

그러나 최근엔 각방을 쓰지 않는 노부부를 찾기 어려울 정도다. 각방을 쓰기까지 과정은 대충 이러하다. 처음엔 잠은 따로 자더라도 한방에서 자야 한다며, 싱글 침대 두 개를 쓴다. 그러다가 그것도 불편해지면 따로 각자 방을 쓰게 된다.

《개인주의자 선언》에서 문유석 저자는 우리가 가진 집단주의 문화에 대해 다음과 같이 비판한다.

"우리는 합리적 개인주의에 대한 인식이 부족하다. 다시 말해, 집단주의 문화가 우리를 불행하게 만들고 있다."

부부관계도 마찬가지다. 함께해야만 한다는 생각에서 벗어나 개인주의 성향을 과감히 드러낼 수 있을 때 그 관계는 더 건강해지고, 행복으로 갈 수 있는 것이다. 나는 각방은 부부 관계가 개인주의로 이어지는 최종 도착지로 본다. 그리고 여기에는 다음과 같은 장점들이 있다.

먼저 오랫동안 연애하는 기분을 느낄 수 있다. 가끔은 아내가 내방에 놀러 오고, 나도 아내 방에 놀러 가는 것 같은 기분을 만끽할 수 있다. 다음으로 수면의 질이 높아지는데, 이게 정말 좋다. 우리 부부는 출근 시간도 다르고 잠자는 시간도 다른데, 매일 한 이불을 덮고 자면 깊이 잠 잘 수 없었다. 그래서 따로 자기 시작한 뒤로는 자연히 컨디션이 좋아지고 부부 사이도 좋아졌다. 끝으로 그냥 재미있다. 같은 지붕 아래서 전화하고 문자 보내는 게 웃기기도 하고 재미있기도 하다. (사이가 나빠서 말하기 싫어서, 귀찮아서 문자 보내는 게 아니다. 연애하던 시절처럼 내 방으로 놀러 올래? 같이 문자하는 기분)

따로 잔다고 소통이 안 될 이유는 없다. 우리 부부는 잠자는 시간 외엔 대부분 거실에서 보내니 이야기할 시간은 충분하다. 또 1년 내내 따로 자는 게 아니다. 함께 잠자리를 눕게 되는 날도 있고, 아닌 날도 있는 것이니까 괜찮다.

사람은 누구나 가끔은 혼자가 되고 싶고,
사람은 누구나 나만의 시간이 필요하다.

가끔은 나만의 공간에서 편히 잠자는 것도 좋지 않을까.
부부가 되었다고 꼭 우리 방에서 지낼 필요는 없지 않은가.

"나는 오늘 내방에 아내를 초대할 예정이다."

결혼하고 나니

여자 친구가 집에 안 간다?

각자 방이 생기면 그럴 일들이 줄어든다.

뜨겁기 위해 가끔은 떨어지는 것도 좋다.

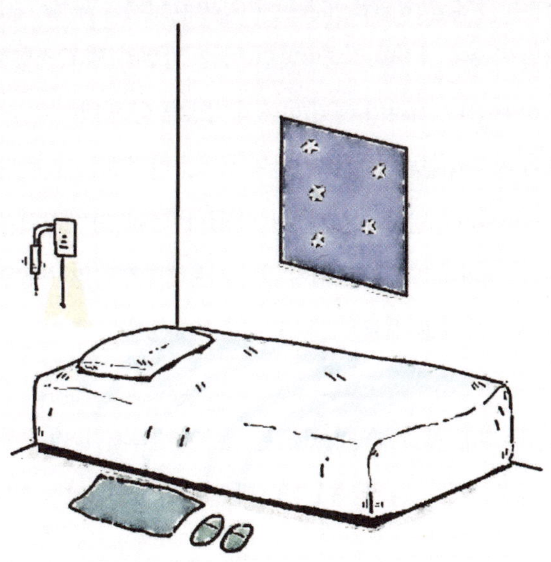

각자의 시간을 가져요

많은 사람이 결혼하고 나면 친구를 만나기 어렵다고 한다. 양가의 집안 행사도 많을뿐더러, 부부가 함께 시간을 보내니 시간이 부족하다는 것이다. 나는 결혼 전부터, 이런 점이 아쉬웠다.

우리 부부의 가장 큰 장점은 자유로움에 있다. 아내가 갑자기 회사 사람들과 저녁 약속이 생겼다고 연락하면, 나는 "알겠어. 먹고 조심히 와."라고 간단히 답한다. 갑자기 생긴 아내의 약속에 화를 내는 일은 없다. 아내도 내가 친구와 만나는 거로 일절 잔소리를 하지 않는다. 우리는 일상에서 자신만의 시간을 중시하기 때문에 급하기 약속이 생기더라도 이해한다. 사실, 정확히 말해서 개의치 않고 서운해하지도 않는다. 약속은 번개로 잡히는 게 제맛이라는 것을 서로가 알아서일까.

물론 이것은 부부 사이에 약속이 없는 날에 국한해서다. 미리 해둔 약속을 깨는 일은 선을 넘는 행동이다. 그래서 미리 약속한 날을 제외하고는 자유롭게 약속을 한다. 주말이라고 해서 다르진 않다. 함께하는 것도 좋지만 가끔은 각자의 취미를 즐기는 것도 좋다. 꼭 남편과, 아내와 함께할 필요는 없는 것.

우리 부부는 토요일이나 일요일에도 각자 원하는 취미생활하고, 부모님께 방문하고 싶으면 각자 따로 가기도 한다. 항상 같이 가야 한다는 생각 자체가 없다. 아내가 내게 가장 자주 하는 말이 있다, "어차피 부모님은 자기 자식이 궁금해서 보고 싶은 거야." 그래서 나는 가끔은 나 홀로 주말을 즐긴다.

한 이혼전문 변호사는 여러 부부를 상담하면서 행복한 결혼생활을 방해하는 것에 관하여 이렇게 말했다.

"저는 지금까지 결혼으로 인해 자신의 즐거움을 포기하면서 불행해지는 사람들을 많이 보았어요."

그의 말처럼 자유롭게 자기의 시간을 보낼 필요가 있다. 아내도 친구들과 여행을 가고 싶을지도 모른다. 남편은 아내가 맘 편히 놀러갈 수 있게 아이를 케어 해야 하는 것. 모든 걸 함께 하자는 강박에서 벗어나 좋지 않을까.

나는 결혼으로 포기한 것은 없다.

좋은 점만 느는 기분이 든다.

우리 부부는 내가 먹고 싶은 걸 각자가 따로 시켜 먹고

내가 보고 싶은 걸 각자의 스마트 폰으로 본다.

좋아하는 것을 따로 하니 만족도가 높다.

그러다 심심해지면 둘이서 같이 놀고,

또 따라 즐기고 싶으면 따로 할 일을 한다.

우리 부부는
각자 핵보유국입니다

나는 아내와 싸우는 일이 거의 없다. 내가 성격이 좋아서일까? 아니면 아내의 이해심 때문일까? 우리는 마냥 성격이 좋지만도 않고, 이해심이 바다처럼 넓지도 않다. 강하게 주장하는 것도 있고, 각자 고집을 부리는 것도 있다. 하지만 우리 부부는 언쟁하면서 언성을 높이는 법이 없다. 차분하게 자신의 의견을 말하는 게 전부일 뿐.

결혼하면 아무것도 아닌 일로도 다투게 된다고 한다. "초반 기 싸움에서 밀리면 평생을 고생해. 잡혀 산다!"며 신혼 초반에 져주지 말라는 주변의 조언이 있을 정도다. 다르게 살던 사람 두 명이 만나 같은 공간에 붙어살다 보니 불편한 게 하나둘이 아니다. 신혼은 서로를 알아가고 맞춰 가는 데 시간이 필요하다.

그런데 내가 우리 부부는 싸우지 않는다고 말하니 주변에서는 그게 가능하냐며 신기하게 본다. 개중에는 건강한 관계는 싸우는 것이라고 말한다. 의견 충돌을 회피하기보다는 대화를 하는 것이 바르다는 것. 맞는 말이다. 회피해서는 문제가 해결되지 않으니, 충분한 대화로 풀어나가는 게 좋다.

그런데 내가 생각했을 때 부부싸움이 되기 위해서는 조건이 있다. 바로 서로가 대등한 관계이여야 한다는 것이다. 어린아이와 대학생이 싸움할 수 없는 것처럼 한쪽이 너무 강하면 협상이 아니라 협박이자 강요가 된다. 그다음 부부싸움의 과정은 어느 정도 룰을 지키면서 무엇이 옳고 그른지를 이야기하며 협의의 과정을 거치게 된다. 그런데 만약 싸우게 되면 바로 핵무기를 쏠만큼 위협적인 나라가 있다고 가정해 보자. 이 나라와 다른 나라가 진심으로 싸울 수 있을까? 아마도 서로 일정 선을 넘지 않고, 크게 간섭하지 않을 것이다. 언제나 싸움을 크게 번지게 만들지 않기 위해 조심할 것이다. 혹시나 모르고 싸움이 나면 큰일이다.

우리 부부는 딱 여기에 해당한다. 각자 핵을 가진 나라인 것 같다. 핵무기 보유국 사이에는 무언의 협약이 있으며, 강한 무기는 전쟁 억제 효과를 만들고 있는 것.

우리 부부는 평소 단호한 성격에 성깔이 있는 편이다. 그러니 평소 서로가 신경을 건들지 않게 조심한다. 작은 국지전이 아니라 곧바로 핵을

쏜다는데, 누가 시비를 걸까? 우리는 싸우게 되면 전쟁이며 누구에게도 이득이 될 것이 없다는 것을 잘 알고 있다. 하루는 친한 여동생과 밥 약속이 생겨서 아내에게 물었다.

"자기는 내가 여자 사람 동생이랑 만나는 거 불안하지 않아?"

그러자 아내는 웃으며 대답했다.

"응. 어차피 나랑 결혼했는데 뭐. 바람이야 피려면 어떻게 해도 피겠지. 거짓말하고, 남몰래 만나지 않을까. 근데, 바람 피우면 끝이라는 걸, 자기가 누구보다 잘 알고 있지 않아?"

나는 웬만하면 다툴 일을 만들지도 않고 화내지도 않고, 돌이킬 수 없는 행동은 아예 저지르지 않는다. 만에 하나 실수라도 의리를 저버리면 우리 관계가 끝이라는 것을 나는 누구보다 잘 알고 있기 때문이다.

(그래도 저는 아내가 무섭지는 않아요.^^ 잘못한 게 없으니까요.)

협상?　　　협박?　　　강요? 타협?
이해?　　　윽박?　　　협의?
용납?　　　양해?　　　　판단?

'문화 상대주의'

: 문화의 우열을 가릴 수 없다는 것

문화에 높낮이가 있을까.

어떤 문화가 뛰어나고 어떤 문화는 열등하지 않다.

결혼 전,

자신이 살아온 집안 문화와 아내의 집안 문화는 다를 수밖에 없다.

그러니 다름을 이해하고 존중해야 하는 태도를 보여야 한다.

상대를 배려하는 마음은 항상 필요하다.

만만해 보인다고, 괜찮을 것 같다고, 봐줄 것 같다고,

마음대로 행동하는 것이 가장 나쁘다.

TV없는 집에서
살면 좋은 것

결혼을 앞둔 많은 예비신랑은 혼수 물품을 구매할 때 TV만큼은 크고 좋은걸 사고 싶어 한다. 크고 좋은 TV는 남자들의 로망 중 하나이기 때문이다. 과거 55인치도 컸는데, 지금은 75인치도 나온다니 놀라울 뿐이다. TV는 거실보다 점점 커지고 있는 중이다.

하지만 나는 조금 달랐다. 나는 올해로 14년째 TV 없이 살았다. 스무 살, 대학을 가면서 독립했고, 혼자서 살다 보니 집에 TV가 없는 게 익숙해졌다. TV가 없어도 사는 데 문제가 없다. 요즘에는 스마트폰 하나면 웬만한 건 다 할 수 있고, 굳이 비싼 돈을 들여 TV를 살 만큼 필요하지 않다.

주말이나 휴일에 소파 위에서 뒹굴다가 하루가 금방 지나가는 경험이 있지 않은가? 그날의 하루를 기억해보면, TV프로나 보면서 시체처럼 널브려져 시간을 보내는 게 전부다. 나는 그런 시간이 아까웠다.

과거에는 TV를 '바보상자'라고 불렀다. TV가 있으면 적적한 시간을 보내기 좋지만, 멍청히 시간을 낭비하기에 좋기 때문이었다.

지금 우리 집 거실엔 TV 대신에 큰 그림을 두었다. 좋아하는 그림을 두니 마음이 편해져서 좋고, 의미 없이 틀어놓은 TV 소리보다는 좋아하는 노래를 들으니 기분이 좋아진다. 우리 부부는 거실에 있어도 딱히 할 게 없다. 습관적으로 리모컨을 잡고 소파에 누울 일이 없는 것. TV가 없으면 자연히 이런저런 대화를 하게 되는 상황에 놓인다. 이 시간은 우리에게 서로를 이해하고 함께 나아가고 있다는 것을 인지하게 도와주는 소중한 시간이 된다.

부부가 원활히 소통하고 대화하는 것은, 행복한 결혼생활을 위해 무엇보다 중요하다.

멍청히 TV를 보고 웃고 떠드는 시간이 서로 함께 이야기를 나누는 시간으로 변하는 것이다. 정말 보고 싶은 프로가 있으면, 노트북이나 핸드폰으로 같이 보면 된다. 그런데 요즘 신혼부부들은 TV와 각종 OTT 서비스의 연동이 너무 잘되다 보니 다들 쉴 때는 온종일 TV만 보게 된다고 한다.

분명 우리 부부도 TV가 있었으면 거기에 대부분의 시간을 보냈을 것이다. 하지만 TV를 포기한 만큼 함께 더 많은 시간을 이야기하고 보낼 여유가 우리에게 생겼다. 하루에 보는 TV 시간을 한 시간만이라도 줄여보는 것도 좋지 않을까. 적막한 그 시간을 아내와 남편과의 이야기로 채워 나가보자.

대화가 잘 통해서 TV가 없는 것일까?

아니면 TV가 없어서 대화가 잘 통하는 것일까?

TV가 있어서 대화하는 법을 잊은 것은 아닐까?

걱정해서 걱정 없어지면
걱정이 없겠네

행복한 결혼생활을 위한 책을 읽은 적이 있었는데, "생각이 쿨하게 바뀌면 인생이 행복해진다."라는 구절이 있었다. 결혼 생활도 굳이, 너무 빡빡하게 생각할 필요는 없다는 것이다. "걱정한다고 걱정이 없어지면 걱정을 왜 하냐?"는 말처럼 쿨하게 사는 건, 여러모로 내게도 도움이 된다.

나와 아내는 되도록 쓸데없는 걱정은 하지 않으려 노력한다. 예를 들어, 아내가 친구와 여행을 가더라도 크게 걱정하지 않고, 아내가 친구와 밥을 먹고 늦게 들어와도 괜찮다. 좋은 게 좋은 거라며, 진심으로 잘 놀고 오라고 한다. 괜한 간섭이 심해지면 집착이 되고, 집착은 상대를 구속하게 하고 나 또한 걱정이라는 족쇄에 갇히게 되고 만다.

그래서 우리 부부는 웬만하면 걱정 따위는 하지 않으려고 한다. 남편, 아내로서 도의적인 행동에 벗어난 경우엔 용서는 없다. 끝이라는 걸 각자가 잘 알고 있으며 알아서 행동하는 것.

그러니 무엇을 하든지 관계없이 우리는 자유롭다. 친구들은 우리 부부를 보면 묻는다.

"와이프가 다른 남자랑 둘이 만나도 괜찮아?"
"남편이 다른 여자랑 둘이 술 먹어도 괜찮아?"

우리는 정말 신경 쓰지 않는데. 와이프는 "어차피 바람을 필 거면 어떻게 해도 펴."라고 말하고, 나는 "둘이서 놀 수도 있지. 뭐 어때?"라고 말한다. 이런 우리의 모습을 보면 둘이 참 잘 맞는 부분인 것 같다.

나는 서로가 믿음을 바탕으로 자유롭게 행동할 수 있을 때 사랑은 더욱 안정적이고 깊어진다고 생각한다.

사랑은 걱정거리, 집착을 늘이는 게 아니다. 같은 곳을 바라보면서 함께 걸어갈 가장 친한 벗을 구하는 일이며, 험난한 세상에서 함께할 벗이 있다는 것만큼 안정되는 것은 없다.

가진 것을 잊지 않기 위해 꼭 쥐고 있으면 내 것도 망가지고 손도 망가지고, 내가 가진 게 무엇인지 볼 수도 없다.

인간은 본디 벌거벗은 몸으로 태어나 다시 아무것도 없이 떠난다고 한다. 그러니 그냥 있는 그대로 받아들여 보자. 내 마음이 편해진다.

이불도 따로 사용해 보세요

부부란 자고로 한 이불 덮는 사이다. 이 말이 무색할 만큼 우리 부부는 이불도 두 개다. 우리는 함께 자더라도 한 이불을 덮는 일은 없다. 잠버릇이 달라서도 있지만, 우리 것 말고 내 것이 있는 것이 좋아서다.

우리 부부에겐 그럴만한 내 것과 네 것이 구분되어 있다. 그래서 서로의 물건과 영역, 사생활을 언제나 지켜준다. 가령, 배우자의 핸드폰을 몰래보는 일은 없다.

연인의 핸드폰을 몰래 보았다가 싸우는 커플도 있다. 핸드폰을 보는 것을 무작정 나쁘다고 할 수는 없지만, 상대방을 의심하고 몰래보는 것은 당사자 입장에서는 썩 기분 좋은 일이 아님에는 분명하다.

모든 관계에는 적정한 거리를 유지하는 것이 필요하다. 무작정 다가가는 것도, 또 멀어지는 것도, 좋은 관계를 유지하는 데에는 그다지 도움 되지 않는다.

책 《행복한 결혼학교》에는 배우자를 진정 소중히 여기는 마음은 '배우자를 하나의 독특한 개인으로 대하는 것'이라고 한다. 아무리 부부라도 혼자 있는 시간이 필요한 것.

사랑으로 둘이 만나 하나가 되는 것 같지만, 둘은 여전히 둘이다. 결혼에서 말하는 '우리'의 진정한 의미는 나와 너가 둘로써 온전히 함께 존재할 때다.

"너희 부부는 쉴 때 같이 뭐해?" 라는 질문에 나의 답은 간결하다.
"각자 할 거. 어차피 우린 취향이 다르거든."

연애할 때도 먹는 것을 제외하면 카페에 가서 각자 할 일을 했다. 서로 같은 공간에 함께 있는 것만으로도 안정감을 느낄 수 있었다. 만날 때마다, 꼭 함께하는 활동을 해야만 하는 것은 아니었다. 지금도 우리는 간섭하는 것이 별로 없다. 그리고 '아! 이 사람은 이것을 중요하게 여기구나'라며, 배우자의 새로운 모습과 습관을 알아갈 뿐이다. 그래서 여전히 편하고 함께여서 좋다.

둘이라는 울타리 안에,

우리는 각자 따로따로 존재한다.

나를 있는 그대로 사랑해 주면서 말이다.

가끔은 우리 부부가 어떻게 결혼했나 싶기도 하다.

우리 부부의 유일한 공통 취미는 독서다.

독서모임에서 만났으니 당연한 일이긴 하다.

하지만 우리의 독서 취향은 완전히 다르다.

그러니 책 이야기를 둘이서 할 일이 없다.

좋아하는 것이 같은 게 없는 우리는 싫어하는 게 많지도 않다.

그러니 둥글게 둥글게 살고 있나 보다.

웃으며 사별을 약속한 사이

책 《결혼 뒤에 오는 것들》의 저자는 결혼은 종신제도가 아니기에, '우리 여기까지!'라고 말할 힘을 길러야 한다고 말한다. 하지만 결혼 전 내 생각은 조금은 달랐다. 연애시절 아내와 결혼하고 싶다는 생각이 들 때마다 말했다.

"우리 사별하자."

내게 가장 행복한 결혼 생활의 의미는 끝내 사별하는 것이었다. 죽는 날까지 부부로서의 연을 지키는 일이니 이보다 행복한 생활이 없을 것 같았다.

사별하자고 말하는 나에게, 아내는 웃으며 "그래서 누가 먼저 죽을 거냐?"고 묻기도 하고 "이별하려면 둘 중 하나는 죽어야 하는 거 아니냐?"며 섬뜩하다고도 했다. 하지만 내게 사별은 심사숙고하여 결정한 청혼이었다. 끝까지 의리를 지키는 삶. 그것이 나의 결혼관이었으니까.

얼마 전, 나는 폐색전증을 진단을 받았다. 정확한 원인은 알 수 없었으나 아마도 올해 수술한 무릎수술 후유증으로 발생한 것 같다고 의사가 말했다. 폐색전증은 혈액이 응고되는 것으로, 떡 진 핏덩이가 혈관을 돌아다니다가 심장을 막으면 심장마비가, 머리에서 막히면 뇌졸중이 되는 것이었다. 쉽게 말해 언제 급사해도 이상하지 않은 질병이었다.

그 당시, 매일 아침 눈 뜨면 멍하니 눈만 끔뻑였다. 매일 인터넷으로 나의 질병과 몸 상태를 찾아보았고, 좋지 않은 나의 상태를 확인할 때면 한숨만 나왔다. 그러다가도 회사에서 돌아오는 아내를 태연하게 반기며 애써 괜찮은 척, 웃었다. 마치 내 자신이 스스로에게 이방인이 되는 것만 같았다. 눈과 입은 웃고 있었으나 내 속은 새카맣게 타들어 가고 있었으니까.

죽음이 현실로 다가오자 세상은 온통 회색이었다. 의미 있었던 모든 것이 잿더미로 변해갔다. 매일 밤, 카카오톡 나와의 채팅에 남몰래 유서를 쓰고 남겼다. 막상 쓰게 된 유서 내용은 별것 없었다. 아내, 부모님, 동생에게 전하는 미안함과 감사의 말. 그리고 나는 괜찮으니 슬퍼하지 않았으면 하는 그런 류의 말이 전부였다.

사별은 내가 생각하는 최고의 청혼 메시지였지만, 막상 현실이 되자, 그 단어에는 슬픔만이 내포되어 있었다. 그렇게 나는 몇 날 며칠을 반쯤 정신이 나간 상태로 지냈다. (아프고 나서 알았지만 대학병원은 가고 싶다 하여 당장에 검사를 받을 수 있는 게 아니었다. 예약과 순서가 있었다.) 나는 예약일자에 맞춰 병원에 내원 후 입원하였고 각종 피검사부터 CT촬영을 마친 뒤, 약으로 치료해보자는 치료 제안을 받았다.

병원에서 나온 나는 조금은 다르지만, 여느 날과 다르지 않아 보이는 일상으로 돌아와 있었다. 다행히 당장에 죽을 고비는 넘겼기에 피식 웃으며 아내에게 전화했다.

"우리 사별하자."

Rip

먼저 떠나는 사람의 마음은 미안함 그 자체였다.

그래서 가능하면 아내보다 하루 더 살려고 한다.

더 오래 살고 싶어서가 아니다.

아내가 편히 가는 모습을 보고 나도 떠나는 것.

몇 없는 나의 큰 바람이다.

그러나 막상 이야기를 하면 아내는 성낼지도 모른다.

"나부터 죽어 라는 거야?!" 하고.

Chapter 6.

30대 백수 남편이지만 잘 살고 있습니다

여보,
평생 놀 건 아니잖아

백수가 되고 몇 개월이 지났을까? 하루는 아내에게 물었다.

"여보 나 백수로 이렇게 지내는 거 어떻게 생각해?"

아내가 대답했다.

"나는 괜찮아. 어차피 평생 백수로 지낼 생각은 아니지 않아? 그리고 나도 나중에 백수가 될 건데? 지금은 일하고 있지만, 나중에는 자기가 나 대신해서 일할 거니까 괜찮아."

나는 아내에게 고맙다는 마음과 함께 마흔까지만 일하라고 말했고, 이를 지킬 수 있도록 노력 중이다.

현재 백수 생활을 하고 있지만, 행복한 결혼 생활을 할 수 있는 것은 일단 아내 덕이 크다. 당장에 돈이 없어서 굶어 죽게 생기면 일하지 않고 가만히 있을 수 없다. 다행히 아내가 지금은 집안에서 가장 역할을 하고 있고, 모아둔 돈도 조금은 있으니 가능한 것이다.

또 다른 이유는 아내의 쿨한 태도다. 자기도 힘들거나 무슨 일이 생기면 언제 그만둘지 모른다며 내게 경고한다. 나는 아내의 이러한 경고가 참 좋다. 내가 갖고 있는 미안한 마음의 짐을 조금 덜게 도와주기 때문이다. 아내가 일을 못 할 상황이라면 나라도 돈을 벌 것이다. 물론 지금은 몸이 좋지 않아서 일할 수 없는 상태지만 말이다.

물론, 나는 평생 백수로 살 계획은 아니다. 집에서 쉬고 있지만, 여전히 새로운 작업을 하고 있다. (돈이 안 돼서 문제지만) 어쨌든, 아내가 마흔 살이 되기까지는 대략 3년이 남았다. 3년 안에만 내가 무엇이라도 해내면 되기에 조금이나마 조급함에서 벗어날 수 있었다. 그래서 차근차근 앞으로 준비해 나갈 생각이다. 아내가 하루빨리 쉴 수 있도록.

부부는 중요한 결정은 함께 이야기를 나눠야 한다. 처음 일을 그만두는 것도 아내와 상의를 통해서였다.

나는 단순히 일이 하기 싫어서 일을 그만둔 게 아니었다. 먼 미래를 보니 답답했고, 좀 더 비전 있고 오래도록 집중할 수 있는 분야에서 일할 필요가 있다고 생각했다.

아내는 이러한 나의 의견에 수긍해 주었다. 나를 믿어준다는 것을 느꼈기에 더 잘해야 한다는 생각이 들었다. 그래서 지금은 몸이 좋진 않지만, 최선을 다해 내 일을 하는 중이다. 그리고 부부관계에서 신뢰가 왜 중요한지 절실히 깨달았다.

지금은 집안일을 도맡아 하면서 깨닫는 것들이 있어서 좋다. 전업주부로 살아갔던 어머니의 마음, 즉 전업주부들의 마음을 조금은 알 것 같다.

만약 백수가 안됐다면 절대 몰랐을 것이다. 이 또한 훗날 내게 좋은 경험이 되리라 생각한다.

"세상에 잃는 게 있으면 얻는 것도 있다."

물 잔에 물이 반만 남았을까?

반이나 남은 것일까?

전업주부 남편으로 사는 것

지금 나는 전업주부 남편이다.

일도 그만두고 수입도 없어서 집안일을 도맡아서 하는데, 여기서 집안일이라고 하면 청소, 빨래, 설거지, 밥 등 집에서 해야 하는 일 전반적인 모든 것을 하고 있다.

나의 평소 일상은 아래와 같다. 아내가 출근한 뒤, 집 정리를 하고 청소를 시작한다. 바닥을 쓸고 닦고 빨래를 한다. 그리고 나면 점심시간인데, 혼밥을 먹고 장을 보러 간다. 집에서 걸어서 30분 정도 거리에 위치한 재래시장에 방문하여 저녁 찬거리를 사서 집으로 돌아오면 어느덧 오후 4시가 넘는다. 그러면 잠시 쉬었다가 아내가 돌아오는 시간에 맞춰서 밥을 한다. 여기에 분리수거, 음식물쓰레기 처리, 화장실 청소는 일주일에 한두 번 정도 한다. 이 정도면 거의 전업주부라고 해도 손색이 없다.

집안일을 도맡아 하다 보니, 주부 일도 쉽지만은 않다는 생각이 든다. 일하는 것처럼 시간에 쫓겨서 당일에 끝내야 하거나 일하지 않는다고 당장에 뭐라고 하는 사람은 없기 때문에 직장에서 느끼는 심리적 압박은 없다.

그 대신, 집안일은 끝이 없다는 데 있다. 매일 쓸고 닦는데도 매일 먼지가 생긴다. 또 소파 아래, 에어컨과 장롱 위, 세탁기 먼지 망 같은 것들까지 모두 다 정리하다 보면 하루가 금방 지나간다.

여기서 끝이 아닌 것이 살다 보면 새로운 물건들은 늘어나는 반면, 버려지는 것은 없으니 정리할 물건들도 늘어난다. 군대처럼 깔끔하게 옷을 정리해둬도 한 일주일만 지나면 엉망이 되고 만다.

치우고 치워도 할 일이 계속해서 나오는 게 집안일이다.

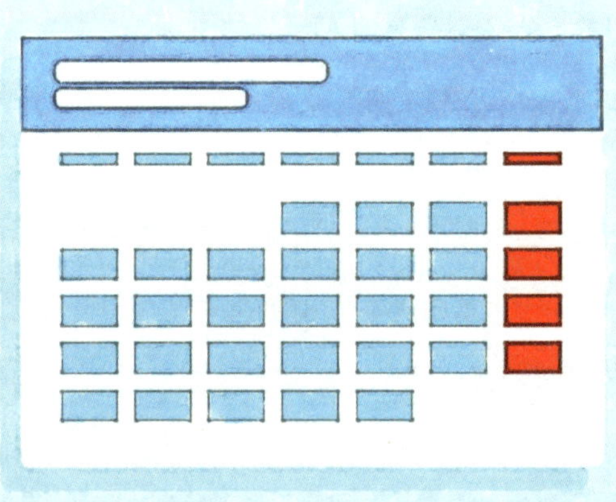

주말에는 세 끼니를 챙겨야하니 아내가 내게 말한다.

"여보. 나 삼식이네…"

진정한 전업주부만이 느낄 수 있는 일주일은

"월 화 수 목 금 금 금"이다.

전업주부에게도 휴가가 필요한 이유다.

살림은 남자가 하는 게 좋다

집에서 하는 일이라고 하여 힘쓸 일이 없을까?

장롱같이 높은 곳을 청소하고, 커튼 먼지를 털고, 주방 싱크 선반 위쪽을 청소하려면 키가 커야 한다. 또 등을 달고 전구를 갈고 배선을 정리하는 것과 같은 일들은 남자인 내가 아내보다 잘하는 것이기도 하다.

이렇게 집에서 생기는 일들을 도맡아서 하니, 아내가 집에서 하는 일은 가끔 내가 하는 것을 도와주는 게 전부다. 함께 일을 하는 것이라면 아내와 가사를 분담했을지 모르지만, 지금은 놀고 있기 때문에 혼자서 해도 충분하다는 게 나의 생각이다.

만약 우리 부부가 아이까지 생기면 어떨까? 라는 생각을 해봤는데, 나는 그래도 내가 아이를 보는 게 낫지 않을까 싶다. 많은 이들이 육아가 일하는 것보다 훨씬 힘들다고 한다. 신경도 많이 써야 하고, 아이를 돌봐야 하니 힘에 부치는 것이다.

그런데 남자인 내가 아무래도 힘은 아내보다 강하니까 아이를 더 잘 볼 수 있지 않을까? 라는 생각이 들기도 한다. 앞으로 언제까지 내가 전업주부 남편으로 살지는 모르지만 한 번쯤 전업주부 남편을 해보는 것도 좋은 경험이다. 결혼했다고 여자가 자신의 커리어를 포기할 필요는 없다.

엄마를 하면서 사회생활을 충분히 할 수 있다. 단, 남편이 가사를 잘 뒷바라지 했을 때에 한해서일 것이다. 나는 앞으로도 집안일을 하면서 할 수 있는 일을 찾을 것 같다. 아내를 내조하면서 말이다.

전업주부 남편은

기계가 고장 나면 뜯어서 고치고

전구가 나가면 바꾸고

페인트가 벗겨지면 페인트칠도 직접 한다.

이만하면 쓸모 있지 않은가?

슬기로운 백수 생활

처음부터 내가 전업주부를 할 것이라고는 생각지 못했다. 결혼했을 때
는 맞벌이였다. 그런데 일을 그만두고, 건강이 나빠지면서 처음에는 전
업주부라기보다는 환자에 가까웠다. 집안일을 할 수도 없는 상황이었기
에 무료하게 침대 위에서 하루하루를 의미 없이 보냈다.

고통스러운 나날을 보내며 몸과 마음이 지쳐갈 때 즈음, 난생처음 심
리상담 센터를 방문하였다. 상담센터에서는 현재 건강상태로 시작된 불
안증세와 강박에서 벗어나기 위해서 스스로를 옥죄고 있는 마음의 부담
을 덜어내는 연습을 하는 게 좋다고 권했다.

나는 아내와 상의를 통해 남은 해는 마음 편히 쉬어도 좋다는 결론을
도출했고 심리상담센터도 계속해서 다니기로 했다. 이후 건강도 차츰
좋아지면서 자유롭게 거동도 가능하게 되었다. 그래서 더는 집에서 놀
고먹고 쉬는 게 싫어졌다. 올해는 마음 편히 쉬는 것으로 결심했지만 마

음의 한편은 항상 미안하고 불편했다. 그래서 나는 집에서 할 수 있는 일들을 찾기 시작했다. 가장 먼저 이부자리를 정리했고 다음으로 청소를 시작했다. 각종 집안을 하면서 느낀 것은, 아내를 위해 무엇인가를 할 수 있다는 감사함과 뿌듯한 마음이었다.

아픈 남편을 두고도 어떤 내색조차 하지 않은 아내가 고마웠기에 나는 내가 할 수 있는 것들로 조금이나마 아내에게 보탬이 되고 싶었다. 그 뒤로는, 아내가 출근하고 나면 청소를 시작으로 일과를 시작하였고 매일 장을 보러 시장에 나갔다. 저녁 준비도 매일 다른 메뉴로 준비하면서 아내가 돌아오길 기다렸다. 흐트러진 집을 매일 정리하면서 하나둘 내가 집에서 할 수 있는 일들을 찾고 늘려나갔다. 그렇게 나는 집안일 전반을 도맡아서 하게 되었다.

나는 오늘도 아내를 위해 무엇인가를 할 수 있어 기쁘다.

오헨리 소설 《크리스마스 선물》에는 너무나도 사랑하는 부부의 이야기가 큰 감동을 준다. 살림이 넉넉하지 않았지만 서로를 사랑했던 부부는 서로의 크리스마스 선물을 사기 위해 자신의 소중한 것을 처분한다.

남편은 줄 없는 시계를 팔아서 아내에게 줄 머리빗을 사고, 아내는 머리카락을 팔아서 남편의 시곗줄을 산다. 서로의 가장 소중한 물건을 팔아서 사랑하는 사람의 선물을 산 것이다.

싸우는 커플은 항상 상대방이 날 위해 무엇을 해주는지에 관하여만 생각한다. "넌 날 위해서 뭘 하는데?", "그러는 넌 뭐하고 있는데?"
반면 싸우지 않는 커플은 상대방을 위해서 자신이 할 수 있는 게 뭐가 있는지 찾으려고 한다.

나도 마찬가지인 것 같다.
내가 사랑하는 이를 위해 무엇을 더 할 수 있는가를
생각할 수 있는 지금이 더 행복하다.

당신의 사랑의 언어는
무엇인가요?

당신에게 사랑이란? 사람마다 사랑의 정의는 다르다. 인간관계 전문 상담가 게리 채프먼은 사랑은 5가지 언어가 있다고 말했다.

1. 함께하는 시간
2. 인정하는 말
3. 선물
4. 봉사
5. 스킨십

누군가에게는 '스킨십'이 또 어떤 사람에게는 '인정하는 말'이 사랑에 있어 가장 중요한 것일 수 있다. 사람마다 사랑의 감정을 느끼는 포인트가 다르다는 것이다.

연인의 사랑의 언어를 아는 것은 연애를 할 때도, 결혼생활에도 충만한 사랑을 하는 데 도움이 된다. 가령, 상대방은 함께 있는 시간을 가장 가치 있는 사랑이라 생각하는데, 본인은 선물을 사랑이라 생각한다. 그래서 열심히 돈을 벌며 선물 주는 것이 전부였다고 가정해보자. 과연 두 사람이 행복한 연애를 할 수 있을까? 아마도 선물이 싫지는 않지만, 시간이 지나면서 함께 있는 시간이 더 중요한 상대방은 서운해 할 것이다. **따라서 서로 배우자가 원하는 사랑의 언어가 무엇인지 아는 것은 행복한 연애와 결혼생활에 있어서 중요하다.**

그렇다면 어떻게 사랑의 언어를 알 수 있을까? 5가지 언어 모두 사랑이다. 단지 사람마다 가중치가 다를 뿐이다. 사람들은 보통 자신이 사랑받고 싶은 것을 상대방에게 주려고 하는 경향이 있다고 한다. 나의 경우엔 봉사가 가장 큰 사랑이다. 그래서 아내를 위해 내가 할 수 있는 것이 무엇인지 찾으려고 노력한다. 이것은 달리 말하면, 아내가 나를 위해 기꺼이 어떠한 것들을 해줄 때 사랑받는다고 느끼는 것이다.

사랑의 언어가 비슷할 수도 있지만, 완전히 다를 수도 있다. 자신의 사랑의 언어가 무엇인지 알고 있는가? 그리고 사랑하는 사람에겐 사랑은 무엇인가? 모른다면 지금이라도 연인 또는 배우자와 함께 이야기해보자.

사랑의 언어는 사람마다 다르다.

함께하는 시간, "하루 종일 함께하고 매일 보고 싶어."

인정하는 말, "나는 항상 네 편이야."

선물, "작은 꽃 선물이라도 기분이 좋아."

봉사, "너를 위해서라면 할 수 있어."

스킨십, "나는 가만히 손만 잡고 있어도 기분이 좋아져."

백수가 되면서
줄어들은 수입은 어떻게 하나?

두 사람이 일하다가 한 사람이 일하게 되면 수입은 자연스레 줄어든다. 특히 아이가 생기면서 일을 그만두면서 입은 늘어나서 지출은 증가했는데 수입이 줄어드니 힘이 든다는 말을 많이 한다. 나는 아이는 없지만 백수생활을 몇 개월째 하면서 저금할 수 있는 금액과 소비 지출 자체가 많이 줄어들었다. 과거 맞벌이를 할 때는 거의 시켜 먹었다. 일하고 집에 오니 힘들고 지쳐서 밥을 하는 것은 불가능했다. 그리고 무엇인가 살 게 있으면 용돈에서 차감하여 사용했다.

그러나 나의 백수생활이 길어지면서 들어오는 수입은 한정적인데 나가는 돈도 있으니 자연히 허리띠를 조이게 된 것 같다. 가장 큰 변화는 음식이었다. 나는 재래시장에 가서 재료를 사서 직접 요리하기 시작했고 배달을 시키는 것은 현격히 줄었다. 또 필요 없는 것을 쓸데없이 구매하는 일도 줄어들었다. 그냥 생각 없이 구매하고 쓰지 않는 물건 자체가 줄어든 것이다. 물론, 저금할 수 있는 절대적인 금액은 맞벌이할 때보다는 줄어들었다. 그렇다고 돈이 없어서 힘들게 사는 것은 아니다. 맞벌이 할때는 매일 시켜 먹고 돈도 자유롭게 쓰다 보니 낭비하는 소비 습관 때문에 지출액이 높았다. 그래서 모으는 금액도 적었다.

경제적인 상황은 부부 관계의 트러블을 만들기도 한다. 결국은 부족한 돈 때문에 싸운다는 말이 있는 것처럼, 성격 차이는 극복해도 경제적 가난은 극복하기 어렵다고 한다. 하지만 우리 부부는 서로의 상황을 이해하며 현재 상황에 만족하려는 자세를 가진다. 만약 둘 다 돈을 벌 수 없다면 얼마나 힘들었을까? 하면서 말이다. 집 앞 마트에는 사과의 개당 가격이 1,500원 이라면, 시장은 1,000원 정도 한다. 조금은 멀어도 이곳 저곳 비교해서 물품을 구매하니 세이브하는 돈도 꽤 생긴다. 경제의 규모는 줄었으나, 지출의 규모도 함께 줄이니 살만한 것이다.

이러한 관점에서 보면 우리는 아직까지는 괜찮다. 당장에 돈이 부족하다면 나도 일을 해야 하겠지만, 마이너스가 되고 있지는 않으니 괜찮다.

돈을 모으기 위해서는 잘 버는 것도 중요하지만 어떻게 쓰는 것도 중요하다고 한다. 우리는 지금 돈을 쓰는 법을 배우고 있다.

절약도 습관이다.

습관을 들여놓으면

나중에 더 많은 수익이 생겼을 때

아낄 수 있지 않을까?

전업주부 남편은 백수일까?

얼마 전까지 나는 내가 백수라고 생각했다. 돈도 못 벌고, 집에만 있으니 백수라고 여긴 것이었다. 그런데 얼마 전, 전업주부에 관한 생각이 완전히 바뀌었다. 한 커뮤니티를 보았는데, 전업주부란 집안일을 도맡아 하는 사람을 일컫는 말이라고 한다. 그러면서 전업주부는 백수가 아니라는 것이었다. 나는 지금까지 일이 없고 집에서 쉬면, 백수라고 생각했다. 하지만 가사를 도맡아 일하는 것도 굉장한 노력이라는 것이었다.

예전에 '일은 무엇인가?'에 관해 토의하는 방송을 본 적이 있는데 돈을 벌지 않아도 무엇인가를 이루기 위해 노력하는 행동은 일이 될 수도 있다는 의견이 있었다. 집안일을 해서 비록 직접적인 돈을 버는 것은 없다고는 하지만 여기에는 재테크, 쾌적한 환경조성, 식사 제공 등의 역할이 있다. 정부 부처로 따지면 기획재정부나 환경부로 일하며 살림을 꾸려나간다. 그만큼 전업주부의 일도 중요하다는 것.

전업주부를 무시하는 남편들이 있는데 이것은 정말 모르고 하는 행동이다. 눈에 보이게 티 나지도 않고, 성과도 없는 직업이 전업주부다. 성과 없이 아이와 가족을 위해서 일한다는 게 얼마나 어려운지는 해본 사람은 알 수 있다.

물론 회사나 사회생활을 하면서 돈을 버는 것이 쉽다는 것은 아니다. 일정 기간 내에 어떠한 성과나 결과를 만들어내는 것이 바깥 생활이다. 이것도 큰 스트레스인 것을 안다.

그런데도 내가 말하고 싶은 것은, 가족이 인정해 주지 않으면 아무것도 아닌 것이 주부일 수 있다.

최선을 다해 가족을 위해 음식하고 청소하고 빨래를 하더라도 그냥 엄마니까 하는 일이라고 여기면 보람을 찾기 어렵다. 그래서 전업주부로 사는 것이 힘든 것이다.

나는 현재 전업주부 남편이다. 아내가 벌어오는 돈으로 생활을 하는 것이 부담스럽기도 하고 미안하기도 하고 불편하다. 같이 버는 게 더 좋은 것 같다. 집에서 일하고 싶어서 일하는 게 아닌 사람도 있다. 특히 여성들은 아이를 키우기 위해 어쩔 수 없이 경력이 단절되고 직업을 갖지 못하는 경우도 있다. 그들이 원해서 일을 그만둔 것은 아니다. 그러니까 전업주부라고 해서 무시하는 언사를 하여서는 안 된다.

전업주부는 백수가 아니다. 그러니 전업 주도 당당해도 된다. 물론 집안일을 최선을 다할 때 말이다.

공동육아와 공동가사는 삶의 질을 향상시킨다고 한다.

돈도 중요하지만 행복이 더 중요하지 않을까?